《幸福拉萨文库》编委会

赞普的背影

在这个世界上，有一个神奇的地方，处处透着圣洁，不管是纳木错（也写作“纳木措”）的圣水，还是红山顶的布达拉宫、佛寺中的唐卡，都让人心生向往。藏族姑娘脸上灿烂的笑容与佛前僧侣眼中虔诚的仰望，像一汪汪清澈的泉水，滋养着世人干涸的心灵。

这里便是位于世界屋脊的西藏。

有人说，西藏是离天最近的地方，它聆听每个人心中的夙愿，也安放着世人最沉重的负荷、最浓烈的思念。

沿着蜿蜒的山脉，你会看见一片片醉人的绿洲，积雪融化汇成的河谷孕育了独特的藏族文明。

公元6世纪，悉勃野家族的名号于整个雪域而言还是那么陌生，雅砻河谷以外的地域几乎无人知晓这个家族。然而，一百年后，悉勃野的子孙却改变了雪域高原的历史……

无可否认，这是一个骨子里透着坚毅的民族。正因如此，狭窄的山间谷地，也足以成为他们生命的依托；湍急的河水，也足以给予他们生命的供养。族人们在气候高寒之地放牧、耕作，靠着上天仅有的恩赐，世代繁衍。

在这里，悉勃野家族谱写了一段无人企及的神话，而三十三代赞普松赞干布无疑是这部神话中最浓墨重彩的一笔。

很多人提到松赞干布，便会想到这是第一位与中原王朝和亲的吐蕃赞普。因为这场姻缘彻底改变了雪域与中土的关系，在民族交往的历史上，镌刻下最深的记忆。然而，除了和亲，松赞干布又是怎样一位赞普呢？

藏文古籍将松赞干布奉为神明先知，藏佛经书将松赞干布视为菩萨化身。当我们再次掀开古卷，拂去尘埃，潜心阅读之时，蓦然发现，这位唐朝驸马不仅是一位文治武功的政治天才，更是一位精通音律、崇尚文明的文化强者，在他坚毅的外表下有着柔软而细腻的内心。当这一切汇于一人之身时，无疑成就了一个丰满而深邃的灵魂。

隋大业十三年（617年），在墨竹工卡的强巴敏久林宫，一个男孩呱呱坠地，族中最有威望的长者，在孩子的脸上涂上赭粉，为他祈求平安。这个孩子便是松赞干布。

老赞普为儿子举行了盛大的百日宴，周边部族的首领纷纷赶来恭贺。带着与生俱来的尊贵，松赞干布作为吐蕃赞普的儿子，在父亲的庇佑下无忧无虑地度过了十三年的光阴。然而，在他十三岁时，父亲被害，他继承赞普之位，面对的却是一个风雨飘摇的政权。

“是应该默默忍受坎坷命运的无情打击，还是与深如大海之无涯苦难愤然为敌？”

这是哈姆雷特在父亲死亡之后发出的追问。同样的情形，也发生在雪域高原的赞普之子身上，仇恨、痛苦如同炙热的火焰，灼伤了曾经柔软的内心。

命定的枷锁，让人无从逃脱，只能用尽全力去承受命运之重。幸运的是，松赞干布是一个坚韧的少年，悲伤而不迷惘，痛苦却不犹疑。在绝境处，他爆发出最强的战力，将四分五裂的政权归于统一。

平乱之后，松赞干布没有停下他征战的脚步，相继征讨苏毗、象雄，数年间，雪域高原上一个个曾经强盛的政权都臣服在吐蕃的统治之下，这份功绩写就了吐蕃历史上辉煌的一页。

这位赞普留给吐蕃的不仅仅是宽广的疆域、强大的军队，真正彰显松赞干布之睿智的是他的对唐政策。坚毅与谦卑刚柔并济，让大唐看到了吐蕃与唐交好的诚意，于是，传唱千年的唐蕃情才得以实现，中原与雪域的文明对话才成为可能。

沿着蜿蜒的唐蕃古道，中原的手工、宗教、文学、艺术、耕作技术开始源源不断地走进雪域，吐蕃由此开启了一场光耀千年的文明之旅。

身披铠甲，他是一马当先的赞普；华饰吉服，他是温文尔雅的唐朝驸马；赋诗谱乐，他是浪漫博识的诗人。

在这漫长的旅程中，松赞干布为自己的政权加持，将佛教引入吐蕃，为洁白的雪域铺洒了一层佛光，更数次派遣使者奔赴天竺，习得造字之法，创制了沿用至今的文字。

霸者的成就、将士的功勋，或许离我们十分遥远，但那份几经沉浮却未忘初心的执着，足以让我们动容。

沧海一粟，千年只是俯仰之间。时间消磨着人们的记忆，尘沙也逐渐掩盖了曾经的不朽，而当我们回望历史时，总有些名字烙刻在这幅画卷上，涂抹不去。

目录

第一章
血脉中的锋芒：无忧岁月的华丽梦魇

嫉妒的毒酒 · 002
平衡的政治哲学 · 006
角力场就是试炼场 · 010
家族的荣耀 · 013
儿子的“亲信人” · 016
文武全才 · 019

第二章
乱世终结者：使命是他唯一的信仰

从骄贵到隐忍 · 022
雅鲁藏布江的旋涡 · 025
墙头草的表演 · 027
人心是他的依仗 · 031
皮囊暗藏的锋芒 · 033
嗜权者的阴谋 · 035
千里战局尽收于心 · 038
叛乱者的末日 · 040

第三章

最后的都城：夹缝中的壮志雄心

红山的神示 · 044

政权兴盛的福地 · 047

不可撼动的决定 · 049

合拢权力手掌 · 051

一场军事大整顿 · 053

第四章

消失的边界：吹起吐蕃政权的号角

象雄的狼牙 · 058

倔强的吐蕃公主 · 060

吐蕃不战而胜 · 063

赛玛噶的绿松石 · 066

华丽的亲征 · 069

遣使赴泥婆罗求亲 · 073

尺尊公主的待遇 · 076

第五章
雄心冰冷：以魄力持守权力格局

权力的天平 · 080
权臣的离间计 · 083
消失的都瓦堡寨 · 087
继任大相之死 · 090
炙手可热的坠落 · 093

第六章
敞开的门：来自中原的文明诱惑

文明的虔诚信徒 · 098
唐朝的一番美意 · 100
唐使让他们激动不已 · 103
吐故纳新的胸襟 · 106
赴唐求亲 · 108

第七章

倔强的驸马：血与火的苦难变更

迁怒吐谷浑 · 112

首战告捷 · 115

醉翁之意不在酒 · 118

军民不敢说出的祈盼 · 121

唐朝皇帝的允诺 · 124

禄东赞的智慧 · 126

第八章

兼收并蓄：唐蕃古道上的文化质变

此次西行，有去无回 · 130

日月山的传说 · 133

险恶的路途 · 135

身着吉服的唐朝驸马 · 138

红山上的辉煌殿堂 · 141

和公主相守泽当的日子 · 144

不舍的离别 · 147

第九章
慧根觉醒：给吐蕃政权加持的第一人
使命的神谕 · 152
佛门的召唤 · 155
释迦牟尼等身像 · 157
赞普慷慨的馈赠 · 159

第十章
观音的化身：被神化的赞普的一生
观音变身赞普 · 164
文成公主的卜算 · 167
宗教间的和谐共生 · 170

第十一章
雪域背影：他的背影是整个民族的正面

仿唐定制，固若金汤 · 174
自由民的福音 · 176
以土地安抚人心 · 179
十善戒的及时雨 · 181
驯化意志野兽 · 184
伸向疆域之外的橄榄枝 · 187

第十二章
光荣梦想：离太阳最近的文艺赞普

用文化的雨露滋润家园 · 190
吐蕃文是他的新天地 · 192
留学的诅咒 · 195
南行之路 · 198
归来的荣耀 · 200
他的一生是一个邀请 · 202

附录：松赞干布年谱 · 205
主要参考文献 · 207

⊙

第一章

血脉中的锋芒：无忧岁月的华丽梦魇

喜马拉雅山脉回身合抱，北部昆仑山脉连绵不绝，这片被造物主眷顾的雪域高原，曾让突厥人、波斯帝王、亚历山大大帝都望而却步。吐蕃第三十二代赞普南日伦赞戎马一生，初步奠定吐蕃疆域。然而，吐蕃的内在裂痕不但没有被消除，反而愈演愈烈。南日伦赞付出生命的代价，也没能阻止它再度分崩离析。这一切对松赞干布来说，仿佛沉睡的魔咒，一举击碎了他华丽而天真的美梦……

嫉妒的毒酒

一望无际的草野之上，牦牛在溪边悠闲地甩着尾巴，对身后的危险全然不知。

就在它头顶的万米高空中，一只雄鹰展开双翅，以绝美的姿态滑翔，锐利的眼眸在天际游荡，扫视着这片常年被积雪、绿洲和人类意志所分割的雪域高原。

这片一亿多年前才从特提斯海中诞生的土地，直到六千多万年前板块构造运动时，才绽开明晰的脉迹。喜马拉雅、冈底斯、昆仑山脉回身合抱，雅鲁藏布江、金沙江、澜沧江、怒江日夜奔流，它那如同绝境般神奇的风光让人迷醉神往，可酷寒和缺氧却又令人生畏。

最早在这里定居的人是谁，早已无从追寻，“猕猴说”“卵生说”等传说更为它蒙上了神秘的面纱。然而，可以肯定的是，只有耐得住磨砺的族群，才敢凭着信仰的力量，在这里筑造房屋、开疆拓土。

少年时代的青藏高原小邦林立，战火连绵，各小邦分庭抗礼，天空中翻滚着浓浓的阴云。在雅砻河谷，悉勃野部落首领聂赤赞普率先平定内乱，建立了西藏历史上第一座宫殿，此后经数代赞普经略此地，吐蕃政权的羽翼才逐渐丰满。

统一是吐蕃每个强者梦寐以求的愿景，吐蕃第三十二代赞普南日伦赞当然也不例外。父辈的祈盼，连同难得的历史机遇席卷而来，他没有理由拒绝。

与苏毗的一战就在眼前，他屏息收紧缰绳，猛追不舍，他的父辈和独子都在默默注视着他，不发一言。松赞干布依稀记得那时父亲眼中的期待，足以穿透人心。

精密部署完毕，一切蓄势待发。

一个深夜，南日伦赞秘密召见娘氏、韦氏、蔡邦氏、农氏首领，立下盟约：

从今以后，
坚决背弃森波王，
坚决拥戴悉勃野赞普！
决不背叛悉勃野赞普！
决不有始无终！
决不违背誓约！
决不将外人当自己人！
决不三心二意！
英勇征战，拼命牺牲！
坚决服从伦赞赞普的一切命令！
决不接受任何诱骗！①

誓言句句掷地有声，征服苏毗不再只是南日伦赞的一厢情愿，更成了厘定主臣关系的砝码。

早在松赞干布祖父达布聂西时期，苏毗首领达甲吾和赤邦松就将吉曲（今拉萨河）流域的肥美河谷瓜分殆尽。达甲吾昏庸无能，性情残暴，不久就被赤邦松吞并。然而，部族的统一并没有给苏毗带来和平繁荣，赤邦松好大喜功，不善笼络人心，他属下的娘·曾古和韦·旁多热义策心怀不平，暗中投奔以贤德闻名四方的悉勃野赞普，更让新生的吐蕃政权如虎添翼。

悉勃野赞普南日伦赞亲率万余精兵北上，母亲和弟弟伦果留守后方，

①才让：《吐蕃史稿》，兰州：甘肃人民出版社，2010年版，第44页。诗中的“森波王”即苏毗王。

韦·旁多热义策和蔡邦·纳森带路，娘·曾古、农·准保二人在达巴夏如山紧密配合，布局如此周密，可谓瓮中捉鳖，赤邦松插翅难逃。

南日伦赞凯旋之日，暮色中的雍布拉康覆上了一层金色的光芒。这无疑是他一生中最辉煌的时刻。从此，悉勃野不仅仅是一个部落的名字，而将成为整个吐蕃政权的前世荣耀。

南日伦赞在王宫中平安度过了几个春秋，然而巨大的喜悦往往与危机相随。随着新贵因为战功受到宠幸，旧贵族“父王六臣和母后三臣”的利益也就一再被挤压。大殿之上，他们尚能克制住发狂的眼神；大殿之外，嫉妒之火已经在心中熊熊燃起。

于是，当喜马拉雅山脚下的门地小王悄然投下毒药的时候，他们选择了沉默。

或许这段历史太过惨烈，吐蕃史籍皆讳莫如深，只留下模糊的记忆碎片供后人凭吊。

那很可能是一场盛大的筵席，身着华服的主臣在大殿上端坐，身前案桌上摆着大盘牛羊肉、银光闪闪的短刀、糯香可口的糌粑、清洌醉人的青稞酒……心怀鬼胎的妒臣戴着假面表演，和其他人一起举起酒杯，祝福他们的赞普万寿无疆。

南日伦赞意气风发，双目粲然如星，众臣的美言令他心驰神摇。一个永垂不朽的政权图景在他面前缓缓展开，令他长久以来紧锁的眉头随之舒展。他如同废寝忘食的艺术家，沉醉于自己创造的伟大作品，甘之如饴。

松赞干布作为南日伦赞的独子，自然位列在席。眼光和胸怀同样广阔的父亲，从不放过每一次锤炼打磨他的机会。南日伦赞希望儿子成为自己的骄傲，更成为整个吐蕃的骄傲。

松赞干布文武样样精通，赋诗民歌信手拈来，骑射游猎、角力陆博、歌舞围棋多有涉猎，筵席间从容应答，光辉的前程一览无余。在座的每个人都心照不宣，暗中感慨命运如此眷顾于他。

举起酒杯就当一饮而尽，这是南日伦赞的风格。然而就在放下酒杯的一瞬，直觉的疼痛先于身体抵达内心，他已了然。比起自己的生命，他更想守住身为赞普的最后一丝尊严，给他的儿子，给他的敌人。他掩住嘴角的抽动，缓缓地伏下身子，一切归于沉寂。

松赞干布脸上的笑意戛然而止。

以他的聪慧，对眼前情景因何发生早已心知肚明，可他只是用惯有的姿势注视着父亲的身影。十三年锦衣玉食的生活让他无忧无虑惯了，偿还的时刻终于来临。种种繁华皆是过去可炫耀的谈资，如今却成了笑柄。

在这场灾难面前，他还太过年轻。他只能扶着泪水涟涟、几近晕厥的母亲卓萨妥噶，任凭大臣们在父亲的沉睡之地争论不休……

于那些嫉妒者而言，强者的陨落正是“天时地利人和”的绝妙机遇。父王六臣和母后三臣等不及想要分一杯羹，而那些原本被南日伦赞收服的小邦，也迅速地摘下了臣服的假面。据敦煌文书P.T.1287VI号卷记载，苏毗、塔波、工布、娘波等在南日伦赞死后公开叛变。他们熙熙攘攘地涌入这场混乱之中，欢呼雀跃地赶赴这场盛大的“飨宴”。

唐贞观三年（629年）的雍布拉康——这座和吐蕃政权年纪相仿的宫殿，再也无法护佑它的主人和子民。潘多拉之盒已开，猜疑、流言和阴谋在吐蕃肆意飘荡。

没能把一个政权完整地交给独子，不得不让他独自面对满目疮痍，或许是南日伦赞心中最大的遗憾。南日伦赞想出无数妙计淬炼磨砺自己的儿子，却未曾想今日迎来了如此彻底的考验。

松赞干布刹那间有过失措，但他很快收拾起颓唐，束冠戴帽，华服披身，勇敢端坐在王座之上。他摩挲着金光闪闪的王座，双手似乎还能触摸到父亲鲜血的余温，嗅到血腥的味道……

这一幕不止一次入侵松赞干布的梦境，撕裂了他原本华美如诗的童年。

多年之后，已是雪域最大强者的松赞干布透过雍布拉康的栏杆，缅怀着父亲在生命的最后送出的这份成人礼，如此残酷而直接，让他在短期内练就了决然警惕的心性，永远对骄矜、偏见和人心保持清醒。

平衡的政治哲学

在历史洪流中，那些在苦寒中匍匐的民族往往有着树一般的坚韧和隐忍，比如因纽特人、日耳曼人，以及藏族、门巴族、珞巴族等青藏高原上的民族。

塔波原为吐蕃属部，在泽当地区以东，实力远不能与吐蕃相抗衡。然而念青唐古拉山脉和喜马拉雅山脉如剪刀般左右开合，成为它的天然屏障，这里的民众善于吟唱，也善于隐藏。待得时机成熟，塔波自立为王，它曾在吐蕃的统治下蓬勃发展，然而此刻，它只渴望自由的新鲜空气。它的坚韧和对自由的向往，对征服者南日伦赞来说，显然不是一个好消息。

那时松赞干布年纪尚小，但作为吐蕃政权的继承者，他最清楚父亲南日伦赞的霸业蓝图。松赞干布知道，塔波并非父亲大业中最为重要的棋子，整个雪域高原才是目标。但当这枚棋子挡住自己远眺的视线时，他会毫不犹豫地将其清除。

大殿之上，南日伦赞召集股肱大臣召开会议。

“塔波必须铲除！众位勇士有谁愿当此任，我自当重重犒赏！”

南日伦赞心里清楚，如果不够决绝，原野上的一点星火，足以形成燎原之势。

人人都怕被赞普“垂青”，连呼吸都想竭力隐藏，那些一路颠簸过来的老臣强忍着不让咳嗽发作。

这片土地严酷得连雄鹰都难以驻足，渺小的人类在高原上举步维艰，人们因此格外推崇那些吞食了“勇敢”之果的人。那些默然不语的臣子们，曾以“勇”虏获过老赞普的心，如今却囿于手中既得的美好。可这一切合乎人性，他无从指责。

“小人森郭弥钦愿带兵平定叛乱！”

万籁俱寂，这一声如同利剑，划破大臣们绷紧的面孔，整个大殿都跟着松弛下来。

南日伦赞嘴角一动，以锐利的目光扫视人群，寻觅这个“胆大包天”的人。

“你当过将军吗？”一个刺耳的声音猛然响起。

很显然，有人敏锐地发现了赞普激赏的眼光，想在尘埃落定之前，扭转全局。此人正是赞普得力的股肱之臣琼波·邦色。

琼波·邦色原是一个小邦的大臣，宏阔的政治眼光让他如先知般嗅到了机遇的芳香。在他眼中，南日伦赞是尚未出鞘的利剑，他必须赶在他显山露水之前，加入他的阵营。国王玛尔门的首级和两万户居民是他向赞普表忠心的见面礼。南日伦赞征服苏毗的战争中，他也冲锋在前。

琼波·邦色斜睨着森郭弥钦，继续说道：“如果你果真聪慧过人，早就如同皮囊中的锥子一样显眼了。你出任悉囊纰巴一职多年，关于你得力善治的言辞，我可是没有听到半点儿。你怎好意思在大殿之上妄言自荐呢？”

所有复杂的目光一时间交织在一个样貌普通的人身上，那里面有惊异、欣赏、恐惧，更有幸灾乐祸。

森郭弥钦脖颈高扬，迎接众人的打量，缓缓说道：

“大家未曾对我交相称赞，这话不假！可过去的我就像皮囊之外的锥子，锋芒毕露；假如以前我曾在皮囊里待过，就连锥子手柄都会露出来了，更不要说刀刃那一点锋芒了！”

一股不可侵犯的光芒仿佛从他的眉宇间透射而出，整个大殿都为之一震。

这种狂妄，似将生死荣辱置之度外，让早已习惯南征北战的南日伦赞产生了一种惺惺相惜：他的政权此刻最需要的，并不是固守一隅的忠心，而是这种不怕死的气度和豪迈心态。

南日伦赞当即钦点森郭弥钦为主帅，出兵征讨塔波。而此刻的森郭弥钦并不知道，他正是被历史的骰子摇中的人。

时间回溯一千年前，距此三千多公里的燕赵大地正面临一场吞噬，赵国束手无策，只好派出二十名文武门客去楚国求援，尚缺一人。一个青年仅凭内心的笃定，为自己的才华赢得了通行证。平原君的质疑并没有让他方寸大乱，反而让他信心倍增。他的名字被编入成语，为后人传唱。他就是毛遂。

一千年后，历史选中了森郭弥钦，也将强有力的褒赞赋予他的伯乐——南日伦赞。

没过多久，森郭弥钦的征讨就大获全胜。南日伦赞大为欢喜，将赛孔日乌垓的全部属民和封地赏赐给他，还为森郭弥钦的大野牦牛装饰上了银角。

就这样，森郭弥钦迅速以新贵的身份打入权力阶层，和以琼波·邦色为代表的旧臣共享吐蕃的荣耀。至此，森郭弥钦彻底点燃了旧贵族心中熊熊的嫉妒之火，而此刻的南日伦赞还被蒙在鼓里。

为了庆祝这一场漂亮的战役，南日伦赞大宴群臣。席间，琼波·邦色对酒当歌，语带机锋地向赞普邀功。

琼波·邦色并不知道自己喧宾夺主的做法引起了南日伦赞的反感。在他的示意下，苏毗一战的大功臣娘氏孟多热之子娘·尚囊吟歌与之短兵相接。

琼波·邦色和娘·尚囊在歌中彼此对抗，只不过是新旧贵族对峙的隐晦表达。

新旧贵族的积怨从南日伦赞征服苏毗起就渐渐浮出水面。随南日伦赞出征的娘氏、韦氏、农氏、蔡邦氏等有功之臣都获得了自己仇敌的封地，也逐渐渴望在朝野上发出自己的声音。然而就在论功行赏的同时，南日伦赞也在不断挤压新贵们的发展空间，以巩固自身的权力。此外，赞普马不停蹄的封赏让旧贵族们也感到恐慌。新旧贵族们内心对赞普敬畏的同时也充满疑虑，疑虑随着时日增长便成了怨怼。

这一次决议征讨塔波时，明眼人早已发现，琼波·邦色的傲慢并非针对森郭弥钦个人，而是他背后蒸蒸日上的新贵族势力。可南日伦赞太过沉迷于政治上新旧势力的平衡，甚至还没有嗅到空气中压抑的浓烟。

南日伦赞不断调整他的政治天平，对旧贵族来说，他维持平衡的种种做法，不过是对新贵族的偏袒和纵容。然而他忘了，此时吐蕃政权还只是一个巨人般的婴孩，经不起太多折腾。

旧贵族的眼中仿佛能喷出火，仇恨在他们心中燃起。

从此，盛宴不再是宾主尽欢的场所，而成了南日伦赞手中权位的调试器，更成了新旧贵族针锋相对的火场。怒火熊熊烧起，已经到了必须有人做出牺牲或让步的时候。

南日伦赞以为，再次掌控全局，只需要权力和财富的诱饵。可笑的是，在这场深不见底的权力斗争中，没有人受伤，除了他自己。

当时的松赞干布还不了解政治变幻莫测的一面，却过早地品尝到了权力的苦涩。当他作为一个真正的赞普俯瞰吐蕃大地时，他珍视父亲带给他的血的教训，时刻警惕身边的暗潮涌动。

角力场就是试炼场

在漫无边际的雪域高原上，至今仍存在着一种竞技运动——角力——双方完全徒手相搏，不依靠任何工具，凭借自身力量战胜对手。公元7世纪的藏族著名史诗《格萨尔王》中就有关于角力的记载。西藏的桑耶寺中还绘有一组角力的壁画，形象地记载了角力比赛的全过程。这些不仅昭示着角力在西藏地区的悠久历史，更说明了这项运动在藏族人民心中的重要地位。

西藏的先民祖祖辈辈生活在高寒、缺氧的雪域高原上，恶劣的自然环境，往往更能催生出人类与自然抗争的本能。他们相信，只有拥有力量才能征服一切，才能在雪峰和高原的夹缝中世代延续。

南日伦赞在雪域高原四处征伐的年月，角力成了吐蕃士兵一项必要的军事训练。《西藏志・兵志》就记载着“扑跌”“习武”等内容。在冷兵器时代，角力不仅可以锻炼士兵的意志，使他们更加顽强，还能让他们在近距离对战时打败敌人。

在父亲的引导下，年幼的松赞干布早早地就开始了角力训练。

南日伦赞清醒地知道，自己的儿子终有一天会成为整个雪域高原上最伟大的人物，强壮的体魄和坚忍的意志将成为他一生受用不尽的财富。

东方的天际，日光才隐约可见，年仅六岁的松赞干布便在父亲的催促下穿戴整齐，来到了角力场。古老的角力场，如同古罗马的角斗场一样，充满着搏斗与血腥，却也有着每个男人都向往的胜利与荣耀。

细数中国少数民族政权的统治者，他们大多是马背上得天下，尚武成了这些政权一个共同的特征，雪域高原上的统治者也是如此。尽管松赞干布出身显贵，但他也背负着延续家族荣耀的重任，这对他既是一种幸运，也是一项严酷的考验。

第一次来到角力场，松赞干布的心里充满了不安，对于一个六岁的孩子来讲，这里是一个完全陌生的所在，他不知如何应对，却又清楚地知道自己不能逃避。

两名摔跤手，正在角力场上角逐。两个人死死地抓住对方的腰带，伺机将对方摔倒。

清晨的高原，空气中透着寒气，两名摔跤手的额头却渗出了豆大的汗珠。不相上下的力量，让双方陷入了僵持，彼此的力气也在一点点耗尽。

南日伦赞指着那两个人对松赞干布说："看他们的胳膊在抽动，那是在用力气，一刻都不能放松，否则你会在一瞬间被击垮。记住，敌人从不给你喘息的机会，他们会发现你最脆弱的地方，给你致命一击。"

南日伦赞说话间，一名摔跤手已经被对手重重地摔在了地上。他拍拍儿子的肩膀，说："上去试试，用你的力量和耐力打败他！"

他刻意为儿子选了一个强壮的对手，因为南日伦赞相信严苛的磨砺才能缔造出真正的强者。松赞干布试探性地伸出手，还没意识到，就已经被重重地摔在了地上。他抬头望向父亲，眼神中有些慌张和无助。

南日伦赞心如刀割，他想去扶跌倒的儿子，毕竟六岁的儿子第一次来角力场。但他还是忍住了，他明白自己给了儿子权力，也要教会他守护权力的本领，否则，这些权势带给儿子的就不再是荣耀与尊贵，而是致命的毒药。

权力的角逐、部族的争斗远比角斗场要残酷得多，而这都是儿子一生需要面对的东西。

晨光透过父亲高大的身影，映照在松赞干布的脸上，他看到父亲如苍鹰一般严厉的眼睛。此刻的松赞干布终于明白了，他必须靠自己站起来。

凭着毅力，年幼的松赞干布一次次站起来，却又一次次被摔倒，疼痛的身体早已麻木，心却不由得抽动。

好强的松赞干布第一次觉得自己让父亲失望了。

松赞干布希望变得强大，能够展现自己的力量，得到父亲的赞许，然而眼前的一切却给了他沉重一击。急切想证明自己的冲动在一个六岁孩子的心里如同野草一样，疯狂生长。

傍晚，母亲卓萨妥噶心痛地抚摸着儿子身上的淤青，为他涂抹药酒，疼痛传遍全身的松赞干布始终低着头，一言未发。直到卓萨妥噶擦完药酒，松赞干布才转向母亲，眼里噙着泪水，“父亲一定很失望……”

卓萨妥噶抚摸着他的头说：“我们会摔跤就像格桑花一定会开放一样，你需要的只是不断地练习和足够的耐心，终有一天你会成为角力场上的胜者，享受着这份胜利的荣耀。你父亲不怕你失败，但他害怕你放弃，他也不怕你在角力场上跌倒，却怕你跌倒后再也站不起来。”

母亲的一番话，让松赞干布明白了父亲的用意。

那一夜，他沉沉地睡去，他梦见自己像苍鹰一样，盘旋在雅鲁藏布江的上空，时而低飞直下，时而高飞入云，那种俯瞰世界的感觉，让他感到眩晕与满足。

第二天，天还未亮，他就跑到角力场上进行训练。

渐渐地，松赞干布领悟到角力的窍门，它不仅需要敏捷的反应力，还需要合理分配全身的力量，懂得如何用己之长，攻敌之虚。

角力场成了松赞干布最初的试炼场，这里不仅使他锻炼了惊人的力气，也磨炼了顽强的意志。他在角力中悟到的哲理，更让他在今后的政治斗争中，保持了足够的冷静与睿智。他像一只猎豹，蛰伏着等待猎物的出现。

雅鲁藏布江的江水翻滚而去，从不驻足。她也许永远都不会知道，她所养育的子民是多么的顽强与坚毅，像江水一样翻腾不息。他们在这片广袤的土地上世代繁衍，谱写着一个民族辉煌的史诗。而一个饱经锤炼的强者，开始渐露锋芒，数十年后，他将给这片土地带来空前的统一与繁盛。

家族的荣耀

作为吐蕃政权唯一的继承人，松赞干布对于吐蕃和家族的历史了然于心，南日伦赞从小就给他讲述祖先的丰功伟绩，祖辈的荣耀时刻提醒着松赞干布要成为一个伟大的人。

篝火在燃烧，时而发出噼里啪啦的声音，火光映亮了天空。年幼的松赞干布蜷缩在南日伦赞的怀里，听他讲述吐蕃和家族的历史。此时的松赞干布听得入神，火光映在他稚嫩的眼睛里，忽闪忽闪，像是涌动的热血，更像是燃烧的雄心。

悉勃野部落生活在雅鲁藏布江南岸的一座小城，当地人称为泽当，靠着江水的润泽，这里水草丰美、富庶繁华。小城上有一座巨石搭建的宫殿——雍布拉康，这里三面都是陡峭的山崖，只有一面地势比较平缓，易守难攻。

适宜的自然环境，绝佳的地理位置，坐拥着人人艳羡的家园，悉勃野日益强大。

南日伦赞轻抚着儿子的额头，望着眼前的篝火，失了神。他想起了父辈带着部族迁徙至此的故事，那些跋涉的艰辛、部族间战争的残酷，他虽没有亲身经历，却影响了自己的一生，让他懂得眼前的一切来之不易。倘若自己不用心经营，祖祖辈辈的努力可能顷刻之间化为乌有。所以，他把这些讲给儿子听，希望儿子可以延续家族的荣耀，将这份基业永远守护下去。

“父亲，父亲！您接着说我们祖先的故事！”松赞干布晃着南日伦赞的手臂。

南日伦赞这才回过神，继续说道：“我们的祖先聂赤赞普是天神之子，他降生在被皑皑白雪覆盖的冰峰上，雪花落地为被，聂赤赞普在这里带领部族开始繁衍生息。美丽肥沃的雅砻河谷是上天给我们最宝贵的财富，河水叮咚作响，里面流淌的尽是蜜糖，丰美的草场给了牛儿最丰盛的晚宴，先祖们在这里过着富足的生活。”

南日伦赞从始祖聂赤赞普一直讲到松赞干布的曾祖父仲年德乌、祖父达日年斯，眉宇之间尽是骄傲与自豪。与生俱来的气魄与骄傲在这位赞普身上体现得淋漓尽致，而这些都被年幼的松赞干布看在眼里。终有一天，他将继承父亲的雄心与谋略，成为真正的高原霸主。

在松赞干布心里，曾祖父仲年德乌是开明而伟大的赞普。

仲年德乌在位时期，中原的西晋政权已经瓦解，周边各少数民族之间战争不断，一些战败的部族不得已向西迁徙，甚至到了吐蕃。仲年德乌接受了这些迁徙而来的外族人，而这些外族人则为吐蕃带来了先进的农业耕作技术。因为他们的贡献，吐蕃的农业快速发展，大片土地被开垦，给百姓带来了富足的生活。吐蕃的实力由此开始一点点积蓄，为统一整个雪域高原奠定了基础。

到了松赞干布的祖父达日年斯时期，吐蕃开始了真正的统一之路。此时的吐蕃无论是人口，还是土地都在不断增长，逐渐吞并了周围大大小小的部落，成了雪域高原上唯一可以与苏毗抗衡的力量。

南日伦赞继承了父亲的遗愿，吞并了苏毗，建立了强盛的吐蕃政权。对于南日伦赞来讲，这些都是祖辈最为闪耀的功绩，他希望儿子可以在家族历史中找到勇气，无所畏惧，成为一个合格的继承人。为此，南日伦赞还专门请来长者教授儿子吐蕃的历史。

松赞干布认真地听长者的每一句讲述，六岁时，他对吐蕃历史已经倒背如流，不仅如此，他还可以完整地背诵出整个家族的谱系。在长者的教授下，松赞干布又学习了历算、工艺等知识，长者将自己渊博的学识悉数教给了松赞干布。

一日，南日伦赞走过儿子的房间，发现松赞干布正伏在桌前，嘴中念念有词，走近一听，原来他在背诵父系世表。他站在门口，听了儿子从头到尾的背诵，竟没有一丝差错，南日伦赞的嘴角微微上扬，心中感慨——不愧是我南日伦赞最为骄傲的儿子！

松赞干布过人的勤奋与坚毅，使得南日伦赞感到万分欣慰，他相信儿子定能成为一个万民敬仰的赞普。数十年后，当化作苍鹰的南日伦赞在天空回望这片富庶、繁荣的土地时，他会骄傲于儿子所成就的一番伟业。

儿子的“亲信人”

历史上，中原王朝有一个现象，皇帝会为太子亲选几个年纪相仿的孩子，陪着太子读书，称为“太子伴读”。这些孩子大都是皇族和勋臣的后代，他们每日进出皇宫，与太子一起读书、学习，不管是经史子集、诗词歌赋，还是骑马、射箭、博弈，无一不涉。

设立太子伴读最初的目的是希望通过互相激励，让太子更加勤奋好学。久而久之，这些陪着太子读书的王公大臣之子会逐渐变为太子的政治势力，为今后继承大统打下基础。

同样，在吐蕃也有一种类似于太子伴读的传统存在，这些人被称为“亲信人”，也有的翻译为“共命人”。他们与主人彼此互称朋友，通过盟誓，要誓死效忠主人，直至主人去世。

南日伦赞一早便着手为儿子松赞干布挑选亲信人。正是这些亲信人的存在，使得年仅十三岁的松赞干布在痛失父亲、叛乱丛生之时，仍能稳住动荡的政治局面。

这日，南日伦赞召集各个部族的首领，商议为儿子挑选亲信人的事，经过各首领的举荐，有二十几位年轻人来到了雍布拉康，等待他们的将是赞普的考验。

角力作为吐蕃最为重要的运动，自然成了南日伦赞设定的第一项测验。二十几位年轻人两两对决，原本空旷的角斗场围满了观看的人群。

正值晌午，雍布拉康洒满了耀眼的阳光，强劲的日头灼着在场所有人，紧张的气氛让空气近乎凝结，随着牦牛号角低沉的一响，场上开始了激烈的角逐。

来自不同部族的人们为自己的勇士呐喊助威，空前的盛况在年幼的松赞干布心里留下了深刻印象。那震耳的呐喊中，不仅包含着每个部族的荣耀，也有着部族子民们对于吐蕃政权的拥戴。多年以后，当松赞干布成为赞普，享受着万民拥戴时，他仍感激于父亲的良苦用心。正是父亲的深谋远虑、决绝果敢，为他搭建了一座稳固的堡垒，让他可以平定战乱，无所畏惧。

经过一番较量，场上只剩下十二位年轻人。

南日伦赞满意地看着这些年轻人，阳光下他们结实的肌肉清晰可见。赞普为胜者斟上香甜的青稞酒，举杯同大家共饮。他相信这些年轻人可以辅助自己的儿子开拓霸业、稳固政权。

次日，南日伦赞派人邀请十二位获胜的年轻人到王宫，他为胜利者准备了一场盛大的宴会，酒桌上摆满了喷香的牛肉、香甜的糌粑。南日伦赞让侍者给每个人都斟了满满一碗的青稞酒。

“今天我特意命人准备了整个吐蕃最香甜的青稞酒，就是为了庆祝各位的胜出！各位都是部族中的勇士，我希望有一天我的儿子可以像你们一样充满力量。”

南日伦赞手捧酒碗，一饮而尽。年轻人们感谢赞普的热情款待，一口喝光了酒。南日伦赞随后问道：“各位对于我准备的酒还满意吗？这是最新酿的青稞酒。”

几位年轻人面面相觑，随后都一言不发。时间仿佛静止，整个宴会出奇安静。南日伦赞用他充满锐气的眼神，凝视着这群年轻人，仿佛在等他们的回答。

这时，一位年轻人向前迈了一步，单膝跪地，手抚在胸前说道：“尊敬的赞普，非常感谢您的盛情，食物非常美味，只是这酒未免淡了些，不知是不是仆人错把河谷的泉水当成美酒送了上来……”

话还没说完，南日伦赞便起身朝这位年轻人走去，众人一时间都有些不知所措。只见南日伦赞走到年轻人身边，将他扶起，拍着他的肩膀说：“好样的，这才是我南日伦赞需要的人，因为你敢讲真话！”南日伦赞接着对在场的所有人说：“各位即将成为我儿子的亲信，我希望你们可以坦诚相待，对他忠心追随、尽心辅佐，让吐蕃变得越来越强大，成为整个高原的主人。”

宴会之后，这十二位经过精心选拔的年轻人住进了雍布拉康，终日陪在松赞干布身边。

他们和松赞干布一起练习骑马、打猎、角力，学习历史。有了他们的陪伴与激励，松赞干布变得更加刻苦。这群年轻人成了松赞干布最亲近的朋友，在松赞干布成为赞普之后，他们也成了他最得力的助手，与他一起征讨四方。

文武全才

融化的冰雪汇成小溪，潺潺流过雪山脚下，牦牛成群而过。千百年来，静谧而神秘的雪域高原如同一个远古的传说，吸引着四面八方的来客。

一千三百多年前，这片土地的统治者松赞干布征战四方、开疆辟土，那份豪情在雪域高原无人能比。这位赞普身上不仅有着纵横驰骋的豪迈，更有着赋诗写意的才情。

在中国历史上，帝王将相中富有才气的不在少数，三国时期的曹操精通音律，善作诗歌，《魏书》中说："太祖御军三十余年，手不舍书。昼则讲武策，夜则思经传。登高必赋，及造新诗，被之管弦，皆成乐章。"

南日伦赞虽然不曾知晓曹操，对他的才情更是一无所知，但他却明白要想让儿子成为吐蕃合格的继承人，光有勇气、武艺远远不够，他还需要修文养性，只有这样，才能进而勇猛，退而谦卑。

他延请吐蕃最有名的学者教松赞干布学习赋诗。在学者的悉心教引下，松赞干布很快展露出天赋，不仅作的诗歌朗朗上口，对用词也有自己的见解。

南日伦赞是一位十分热情好客的赞普，常常举行宴会，招待远方的来客。这天雍布拉康热闹非凡，南日伦赞与几位大臣和部族首领在大殿之中把酒言欢，松赞干布坐在父亲身边，学着父亲的样子端起了眼前的青稞酒。一阵苦涩过后，浓郁的甘甜开始在嘴里散开，这种感觉让人无法言喻。

南日伦赞看着松赞干布像个大人一样，手持酒杯，端坐在那里，心里阵阵喜悦，因而说道："教授你赋诗的学者说，你天分很高，已经可以作诗了，在这宴会之上，给父亲作一首诗！”

松赞干布毫无扭捏，缓缓起身，走到大殿中间，面对着父亲和众位宾客，赋诗一首，吟诵完毕，在座之人无不为他过人的天赋震惊，他稚气的眼神中闪着睿智的光芒和灵气，短短数句将吐蕃兴起的历史、父亲赫赫的战功和子民的富庶娓娓道来。南日伦赞露出欣慰的笑容，他为儿子感到骄傲，也为吐蕃能有这样的继承人感到欣慰。

在父亲的锤炼下，松赞干布变得文武全才。年仅六岁的他不仅学会了角力，更精通吐蕃历史、赋诗绝技，这些原始的积淀为他日后的成就输送了源源不断的养料。

在广阔的雪域高原，松赞干布的羽翼渐渐丰满，虽然他被过早地推到了权力的中心，但有南日伦赞在天之灵的护佑和其自身的天赋异禀，等待他的终将是可以纵情翱翔的天空。

第二章

乱世终结者：使命是他唯一的信仰

盛世之下的危机来得甚是凶猛，原本臣服于吐蕃的小邦公开叛变。尚未从丧亲之痛中痊愈的松赞干布，要承担起挽救整个政权的重任。他的子民们渴求着一个有担当的领袖，带他们走出混乱和黑暗。

松赞干布毅然剥离那些在养尊处优中滋长的傲慢和偏见，义无反顾地担当下来，他渴望用自己的双臂和隐忍，召唤让吐蕃重生的力量。

从骄贵到隐忍

在这片被称为“世界屋脊”的高原上，如今生活着三百多万藏族同胞，旖旎的雪域风光包围着静谧肃穆的布达拉宫。人们仰望着，对这座宫殿的建造者松赞干布充满了敬慕。

“松赞”是他的名字，“干布”则是藏族人民对他的尊称。一千多年前他征战南北，缔造了强盛的吐蕃政权，那份雄才伟略，至今都被藏族人民津津乐道。然而，这位伟大的英雄也曾遭遇过人生低谷，而后饱经磨炼，才涅槃重生。

松赞干布十三岁时，父亲南日伦赞成就了统一吐蕃的伟业，空前的辉煌使得南日伦赞没能及时察觉吐蕃内部汹涌的暗流。唐贞观三年（629年），南日伦赞在一次宴会中被人下毒杀死，整个吐蕃面临着四分五裂的危险。

父亲的忽然离世给了松赞干布沉重一击，十三年来，他所享受的宠爱与庇护，顷刻之间化为乌有，松赞干布的人生发生了巨大的转变。

父亲在世时，他是人人艳羡的赞普之子，无论是大臣还是各个部族的首领都赞美、吹捧他，如今父亲被人毒杀，松赞干布所有的优越感一时之间消失得无影无踪。他清醒地意识到自己必须改变，变得谦卑、隐忍，为恢复吐蕃的实力积蓄能量。

历史是如此残酷，又是如此真实，它把一个风雨飘摇的政权放在了一对无助的母子身上。那些曾经围绕在父亲周围的贵族们如今都消失得无影无踪，甚至有的已经公开叛乱。这让松赞干布格外痛心，但他相信，心有坚毅，则事无所惧。

松赞干布抬起头，擦干卓萨妥噶眼角的泪，说道：“母亲，请你放心，我一定不会辜负父亲的栽培，从今天起我要振作起来，让所有敌人不再有生存之地，让父亲可以安息，也让子民们都看到我们悉勃野家族的男人才是高原的强者。”

松赞干布的一席话让卓萨妥噶的脸上绽出了笑容，也更坚定了松赞干布平定叛乱的信心。

夜深了，他一个人站在窗前，手里拿着父亲亲手为他铸造的短刀，陷入了回忆。

那是南日伦赞在他十岁生日时送他的礼物。

雪域高原上地势严峻，怪石嶙峋的石峰间，常常有野狼出没。对于牧民来讲，狼是恶劣的气候外最大的敌人，牧民世世代代与狼争斗，守护着羊群。高原上的狼体形庞大，高寒地区寒冷、缺氧又多变的自然环境，使得狼群的体能非常好。

南日伦赞告诉松赞干布，什么时候他能杀死一只高原上的狼，便成了一个真正的男人。十岁的松赞干布常常按捺不住，希望父亲可以带自己去打猎。

寒冬的高原上铺满厚厚的积雪，南日伦赞带着松赞干布来到了野狼常出没的地方。食物稀缺的冬季，使野狼变得更加凶猛。

南日伦赞让松赞干布躲在一块巨石后面，指着不远处说：“看，那是野狼的粪便，说明野狼常在这里出没，我们只需要静静地待在这里，等着野狼出现。”

时间慢慢逝去，却始终没见野狼的踪影。

松赞干布感觉脚被冻得麻木，然而，身边的父亲却像雪峰一样，岿然不动，眼睛死死地盯着前方。年少的松赞干布学着父亲的样子，守在巨石后面。忽然，远处传来窸窸窣窣的声音，松赞干布马上提高了警惕。一只成年的野狼朝着他们所在的方向走了过来。南日伦赞示意儿子不要发出声音，等着野狼一步一步地靠近。

这时，只见南日伦赞从巨石后面冲出来，从野狼的身后扑了上去，一把擒住了野狼的脖子。野狼奋力地挣扎，锋利的狼爪抓在了南日伦赞的胳膊上，然而南日伦赞却丝毫没有放松抓着野狼脖子的手。渐渐地，饥饿的野狼耗尽了力气，南日伦赞拔出身上的短刀朝着野狼的致命处一刺，野狼发出了几声哀嚎，便没了动静。

傍晚时分，父子俩带着狼皮回到了雍布拉康。卓萨妥噶一边为丈夫包扎伤口，一边责备他不该带儿子去猎杀野狼，南日伦赞大笑着，转过头看着松赞干布，说道："他是我南日伦赞的儿子，天生就该无畏，儿子，你以后敢自己捕杀野狼吗？"

"我敢！父亲，总有一天我会亲手杀掉一只野狼！"松赞干布坚定地回答父亲。

"好，这才是我们悉勃野家族的子孙。过来，我有礼物要给你。"

松赞干布走到南日伦赞的跟前，只见他从皮袄中掏出一把银光闪闪的短刀，眉毛一挑，用浑厚的声音说道："来，拿着，这是我专门为你打造的短刀，希望你一直带在身边，它可以给你带来勇气和力量。记住，面对敌人时要学会冷静、隐忍，懂得何时蛰伏、何时出击，只有这样，你才能战胜那些强大的敌人。"

松赞干布接过父亲给的短刀，仔细端详。刀鞘上镶着绿松石和红玛瑙，红绿相间，在篝火的映照下分外耀眼。他慢慢地拔出刀，试着像父亲一样左右挥舞。没有人知道，松赞干布当时内心的喜悦……

美好时光稍纵即逝，如今，面对凄冷的月光，松赞干布再次拿出这把刀，父亲却早已不在，他希望父亲的刀能给自己勇气，让他可以手刃凶手，重建吐蕃与家族的荣耀。为此，松赞干布收敛起了曾经的骄纵与任性，变得隐忍克制。

当时的吐蕃内有奸佞作乱，外有强敌窥伺，局势严峻。然而年轻的松赞干布却没有惊慌失措，他沉着冷静地分析着眼前的形势，决定先从整治内乱开始。这样不仅可以树立威信，更可以震慑图谋不轨之人，让他们知道与吐蕃抗衡的下场。

第二天，当松赞干布向大臣们井井有条地讲述自己的部署时，他们一时间愣了神，竟不相信那些铿锵的话语和精心的谋划是从一个孩子的口中说出来的。从前那个在他们眼中不问世事的孩子，仿佛一夜之间长大了。

大臣们渐渐发现，成为赞普的松赞干布变得越来越谦逊，遇到问题总是虚心征求群臣的意见，比起老赞普的果敢，小赞普更有智慧。他像一棵茁壮成长的青稞，果实越来越饱满，却谦逊地低下了高贵的头颅。

雅鲁藏布江的旋涡

生活处处充满困苦，就像雅鲁藏布江里充满旋涡一样，身为赞普的松赞干布注定要经受比常人更多的磨砺。现实没有给他悲伤的时间，南日伦赞被毒杀后，他不得不面对四起的祸乱。

此时的吐蕃面临着严峻的形势，苏毗的残余势力死灰复燃，对吐蕃政权虎视眈眈，素来与吐蕃和战不定的象雄也蠢蠢欲动。而吐蕃内部更是危机重重，南日伦赞实行的政策侵犯到了一部分旧贵族的利益，这些旧贵族也趁机起事。

原本强大的吐蕃政权变得风雨飘摇……

松赞干布正是在这样内忧外患的情形下登上了赞普之位，所有人都在想这个刚刚即位的小赞普是能力挽狂澜，平息祸乱，还是会就此沉沦，任吐蕃土崩瓦解。

伟大的人物注定要经受炼狱一般的锤炼，这是松赞干布有生以来遭遇的第一次危机，也是最为严重的一次。没有人教过他该如何应对，他只能凭借生存的本能和父亲多年的悉心教导来处理这混乱不堪的局势。

松赞干布清醒地知道，如果失败，等待他的就只有死亡。夜深人静时，松赞干布无数次告诉自己："我不能输，父亲庇佑着我，吐蕃子民仰望着我，我不能输……"

沧海桑田已千年。千年之后，当我们回望这段历史时，不得不钦佩这个只有十三岁的孩子，他有着同龄人无法企及的坚毅、沉着与隐忍，而这些最终使他赢得了尊严与胜利。

母亲卓萨妥噶为松赞干布整理衣冠，轻轻拂去他肩膀的尘埃。

此时的松赞干布已经三天三夜没有合眼，眼中布满了血丝，悲伤、疲惫早已使他变得麻木。然而，他必须振作，他要让自己的子民看到他是一个值得仰仗的赞普，他要给子民们坚定的信心，为他们铺就一条崭新的通向光明的大道。

当松赞干布第一次以赞普的身份出现在众大臣面前时，大臣们看到的是一个眼神坚定、沉着而冷静的赞普，一个浑身散发着威严与霸气的赞普。此刻没有人会想，他其实还只是一个孩子。

“各位都是我父亲的股肱之人，是吐蕃最坚实的力量，现在父亲已经离开人世，我希望各位可以辅佐我平定叛乱，重建吐蕃辉煌。”松赞干布环视着众人，一字一顿地说道。

大臣们纷纷对这个新赞普投来了赞赏的目光，心中不禁感慨不愧是南日伦赞的儿子。距离松赞干布最近的大臣尚囊单膝跪地，对松赞干布说：“我娘·尚囊愿意誓死效忠赞普，领兵平定叛乱！”

掷地有声的话语，坚定了众臣的心思，他们纷纷请缨平定叛乱。一时之间，涣散的人心，又被松赞干布重新凝聚在了一起。

此时，吐蕃的都城位于雅砻河谷，而在雅鲁藏布江的北岸则是广袤的吉曲河谷。当时，吉曲河谷水草丰美，牛羊成群。吐蕃的大贵族和新兴贵族聚集在此。松赞干布为了平定叛乱，准备北渡雅鲁藏布江，争取这些贵族的支持。

墙头草的表演

雄鹰尚有低飞时，不惧一时之困境，方有万世之荣耀。这个道理，松赞干布从记事起就无数次地听父亲讲过。彼时的少年，尚不能深解其中含义。如今，这个失去父亲的孩子，每每想起这句话，却比任何时候都懂得它指明的方向，让他即便身处黑暗之中，依然对前路充满了无尽希望。

十三岁的少年，期待着一场狂烈的暴雨洗涤一切污浊，让雪域的光芒重新照耀悉勃野家族，让这片土地上的子民再次为家族的伟业而欢呼歌舞。为此，就算是付出生命的代价，他也愿意承受。

“雪域之子，顶天立地。”

“雪域之子，顶天立地。”

抱着这样的信念，在尚囊和禄东赞的陪同下，松赞干布来到江边准备渡江。地势的极大落差，使得雅鲁藏布江水流湍急，倾泻而下的江水激起阵阵水花，拍打着岸边。

松赞干布深知此次北渡的重大意义，此时的吐蕃东西两面受敌，形势危急，只有北方相对稳定。因此，松赞干布必须到北方集结力量，为今后的平叛做好准备。

盘踞在北方的大贵族巴·鱼泽布拥有较强的实力，松赞干布深知要平定叛乱，光靠自己的实力无法完成，他必须争取到巴·鱼泽布这样的大贵族的支持。因此，松赞干布北渡后的第一件事就是向巴·鱼泽布寻求支援，然而，事情并没有想象中那般顺利。

门外传来急促的脚步声，松赞干布赶忙迎出门去，眼神之中充满了无尽的期盼。只见仆人无奈地摇摇头，松赞干布眼中燃起的光亮，一下子又熄灭了。

这已经是松赞干布派去请大贵族的仆人第三次无功而返了。

松赞干布内心充满了愤怒，那些平日里说要誓死效忠吐蕃的大贵族，现在却畏首畏尾。

其实，这样的情况也在情理之中，因为吐蕃政权与大贵族的矛盾早在南日伦赞时期就埋下了种子。

当年南日伦赞征讨苏毗，得到了娘氏、韦氏、农氏、蔡邦氏等部族的支持，一举打败了苏毗，使苏毗臣服于吐蕃。战争胜利后，南日伦赞对这些新兴的贵族势力宠爱有加，将大片的领地和众多的奴隶赐予他们。

新贵族享受着南日伦赞的恩赐，势力越来越强盛，甚至威胁到了吐蕃旧贵族的利益，新旧贵族的矛盾开始积聚，旧贵族对南日伦赞的做法微词颇多。而此时南日伦赞被毒杀，刚刚继任的赞普只有十三岁，以巴·鱼泽布为首的旧贵族们不相信这位年幼的赞普能有多大作为，于是纷纷采取中立的态度。

南日伦赞在世时十分器重巴·鱼泽布，曾经赐给他大片封地，松赞干布本以为父亲施与的恩泽会让巴·鱼泽布支持自己，然而，事实往往是残酷的。

巴·鱼泽布以病重为由，多次拒绝松赞干布的召见。

这一天，盛怒之下的松赞干布决定亲自拜访“病重”的巴·鱼泽布。

刚下过雪的高原已然放晴，天空蔚蓝深邃，万里无云，微风吹动，带来丝丝暖意。松赞干布骑上快马，带着几名侍从来到巴·鱼泽布的家门前。一个仆人上前拦住了他们，只见松赞干布的一名侍从从马上一跃而下，一拳便将这个仆人击倒在地，怒斥道：“伟大的赞普也是你可以拦的！小心赞普割下你的人头去喂狼！”

仆人一听是赞普便不敢多言，默默跪在一旁。松赞干布带着侍从穿过庭院，径直走向了厅堂。此时，巴·鱼泽布正在宴请宾客，桌上摆满了美食和酒，在场的还有另外几位大贵族，众人一见到松赞干布都傻了眼，只有巴·鱼泽布还气定神闲地端坐在那儿。

“鱼泽布，听说您身染重病，我特意来探望您。”松赞干布强忍心中的怒火说道。

“我伟大的赞普，真是劳您费心了，前几天我确实病重，浑身没了力气。瞧，我这不是身体刚刚恢复了些嘛。”狡猾的巴·鱼泽布没有一丝惊慌，与松赞干布四目相对，毫不躲闪。

十三岁的松赞干布面对巴·鱼泽布，毕竟还是稚嫩了一些。他终于按捺不住，直接戳破了巴·鱼泽布的谎言：“你的身体明明硬朗得很，却谎称有病，我看你就是不想出兵帮助我征讨叛乱！”

只见巴·鱼泽布不慌不忙地起身，悠悠地说道：“我真的是有病在身，而且老赞普在世的时候把我的很多领地都分给了新贵族，我的实力大不如前，也没有什么能力可以帮助您。”

巴·鱼泽布的一番话，使得松赞干布一时不知如何作答。情急之下，松赞干布拔出身上的刀，朝着桌子砍去，桌子瞬间被劈成了两半。在场的大贵族们看到这样的情景都不由得吸了口冷气，不敢发出半点声响。

“当年父亲征讨四方，得到了各位的帮助，父亲给予你们土地、奴隶和牛羊，让你们享尽荣华富贵，可现在父亲被人毒害，叛乱丛生，你们竟然安坐在这里，无动于衷！”松赞干布激动地说。

几位大贵族见此情况，纷纷诉苦，表示自己实在没有实力帮助赞普。

“我明白你们想保存实力，不想被牵连，可是如果你们不出兵，叛军就会更加嚣张，难保你们的利益不会受到影响。”

大贵族们依旧没有任何表示，他们左右思量，考虑的都是自己的利益，丝毫不在乎吐蕃的大局。松赞干布对这些人彻底失望了。

吐蕃面临着有史以来最大的一次危机，他多么希望这些父亲曾经的盟友可以给他些许的支持，助他渡过眼前的困境，然而，他所能争取到的帮助却少得可怜。

松赞干布愤然离去……

这次经历让松赞干布明白了一个道理，一个人必须使自己变得强大，因为当你在黑暗中挣扎时，连自己的影子都会离开你。但自小养成的坚毅品格让他没有放弃，他找来了自己的叔父论科耳，并与他商讨对策。

“依目前的形势，最好不要与大贵族们彻底闹翻，毕竟他们是一股不能忽视的势力。”论科耳说道，“其实除了这些人，还有一些其他的大贵族愿意帮助我们，我们可以许诺胜利后给予他们好处，这样巴·鱼泽布那些贵族见了肯定会眼红，那个时候他们就会主动来找我们。赞普可以给我一些时间，我去逐个拜访他们，尽最大的努力争取到一些支持。”

松赞干布仔细思量着论科耳的建议，觉得可以一试，便派论科耳去说服大贵族。论科耳的多方奔走取得了一定成效，有些大贵族表示愿意助力赞普，松赞干布又多了几分胜算。

经过这件事，松赞干布变得更加成熟，尽管他对那些见风使舵的大贵族充满愤慨，但是为了得到他们的支持，松赞干布表面上却对他们礼待有加。他越来越像一个稳健的赞普，懂得如何隐藏自己的情感，用明亮的双眼扫视一切。

人心是他的依仗

大贵族的态度使松赞干布意识到，光靠这些墙头草远远不够，他需要争取尽可能多的支持。北渡雅鲁藏布江的松赞干布虽没有争取到巴·鱼泽布等大贵族的支援，却受到了一些新贵族和庶民的拥戴。

在吉曲河谷地区，集聚着娘氏、韦氏等吐蕃新贵族。在苏毗一战后，老赞普赐予这些部族大片的土地、成群的牛羊，让他们在富饶的吉曲河谷世代繁衍。

共同的利益，使得这些新贵族与吐蕃政权保持着密切的关系，松赞干布来到吉曲河谷地区，受到了这些新贵族的热情欢迎。娘氏首领达瓦多吉将洁白的哈达献给松赞干布，并把他迎到帐中，用香甜的青稞酒和美味的食物款待松赞干布。

宴会上，达瓦多吉滔滔不绝地讲述着当年老赞普的赫赫战功，并感激于老赞普的恩赐，让娘氏有了兴旺发展的根基。在一片欢声笑语中，双方再次确认了同盟关系。达瓦多吉相信松赞干布会像他的父亲一样，使娘氏部族的子民过上更富庶的生活。

吐蕃大臣尚囊来自娘氏部族，因此，宴会即将结束之际，达瓦多吉找到了尚囊，用坚定的语气说道："您是我们娘氏的子孙，苏毗曾经对娘氏的欺凌，相信您都记得，是老赞普带着我们打败了苏毗，使我们获得了自由。现在赞普信任您，请您务必把我们的想法传达给赞普，我们一直记得赞普的恩情，如今吐蕃动荡不安，各地叛乱不断，我们娘氏愿意听命于赞普。"

尚囊把达瓦多吉的话一字不差地传达给了松赞干布，松赞干布极为感动，他在娘氏族人面前发誓，自己一定会和娘氏部族共同进退，齐心协力平定叛乱，打败吐蕃所有的敌人。之后，松赞干布又相继得到了韦氏等新贵族的支持。松赞干布在这场权力角逐中又多了一份筹码，胜利的天平逐渐朝他倾斜。

在遥远的唐王朝，大臣魏徵正在劝诫大唐皇帝“水能载舟，亦能覆舟”。雪域高原上也上演着同样的故事，中原王朝的治国之道，在这里亦是至理：只有掌握了民心才能成就真正的霸业。

走出娘氏的帐篷，松赞干布悬着的心终于放下。不远处传来歌声，在空旷的高原上，犹如天籁。他仰望着蔚蓝的天空，强烈的日光灼着他的眼睛，阵阵暖意涌入他的心底。

离开娘氏的领地，随行的几名大臣又陪他来到了一片庶民居住的草场，一位老人正赶着一群牦牛经过。老人家看到松赞干布，脸上又是惊愕又是喜悦。松赞干布走上前去，与老人攀谈了起来。老人告诉松赞干布他们一家人迁徙至此已经有五年，这里草场茂盛、泉水甘甜，是天赐的宝地。

松赞干布问老人：“老人家，平时还有什么不如意的地方吗？”

老人说：“只希望不要再打仗了，让我们多享受些太平年月。”

松赞干布看出了老人心底对于战争的恐惧，安慰他说：“老人家，请放心，等我平定了各地叛乱，打败那些与吐蕃作对的敌人，就太平了。”

傍晚，在老人的盛情邀请下，松赞干布来到老人家中。这是一个简陋的帐篷，里面住着老人和他的两个儿子，他们热情地为赞普端来了香浓的奶茶。

老人对松赞干布说：“我们娘氏部族以前世代臣服于苏毗，受尽压榨，孩子们都不记得那时的岁月，可我却历历在目。我们一定会帮助赞普平定叛乱，因为只有这样，才能守护族人，这是我们娘氏子民应该承担的责任。”

老人的一席话深深地触动了松赞干布。临走之时，他吩咐手下给老人一些青稞和过冬的衣物。

北渡归来的松赞干布有了许多可信赖的盟友，此时的松赞干布蓄势待发，只等待宝剑出鞘的那一刻。那时，他将让敌对者俯首称臣，让整个高原看到吐蕃耀眼的光芒。

皮囊暗藏的锋芒

唐贞观六年（632年），松赞干布在群臣的支持下，笼络了部分大贵族和新贵族，更得到了庶民的支持，实力渐渐雄厚起来。

三年的蛰伏让松赞干布得以积蓄更多的力量，此时的他已经是一个受到万民敬仰与拥护的赞普，他只需要指挥一支劲旅便可以横扫叛军，让他的权力更加稳固。松赞干布深知军队的力量不容小觑，只是对于自己目前的实力还有些许担心。

这日，松赞干布召集属下商议平叛的部署，众人议论纷纷。论科耳率先提出了自己的建议："我认为现在是出兵平叛的最好时机。"

亲贵大臣纷纷附议论科耳的看法，建议松赞干布即刻出兵。松赞干布没有马上回应，而是把目光转向始终未发一言的尚囊。多年的相处，使得两人之间有了一种无形的默契，松赞干布感觉到尚囊沉默的背后别有深意。

"不知尚囊对于征讨叛乱有什么想法？"松赞干布试探性地问道。

尚囊沉思了片刻，语气沉稳地说："我们赢得了很多盟友的支持，也做了多方准备，但是这次平叛事关吐蕃的前途，不允许有半点闪失，我认为还是谨慎为好。"

脾气急躁的论科耳见尚囊不同意即刻出兵，走到他的面前，两眼一瞪，说道："如若现在不出兵，那些心怀不轨之人不仅会在暗中笑话，更会让叛乱之人有喘息之机，到时兵临城下，吐蕃将何等危险！"

尚囊立刻安抚论科耳，拍拍他的肩膀："请容我说完。吐蕃自然要出兵，只是现在时机还没有成熟，我们虽有众多盟友的支持，但是毕竟兵力有限，如果贸然出兵，胜则罢，败则不堪设想。依我之见，当务之急是在吐蕃各地征兵，组建一支强大的军队。”

有些原本支持立刻出兵的人，听完尚囊的这番话也频频点头。比起论科耳，尚囊的建议更符合吐蕃当下的实际。

尚囊接着说：“吐蕃地域广阔，盟友众多，有这些做后盾，我们一定可以在短期之内招募一支强大的军队，到那时两军对垒，吐蕃才能有必胜的把握。而且有了众多兵力，也可以震慑敌人，不战而胜也未可知。”

论科耳也觉得尚囊说得有道理，便不再坚持。松赞干布当即采纳尚囊的建议，开始征兵。为了让征兵取得最好的效果，松赞干布特地派心思缜密的尚囊和禄东赞去部署相关事宜，两人都派出了自己最得力的下属分赴吐蕃各地。

赞普征兵的消息很快在吐蕃传播开来，吐蕃子民奔走相告。松赞干布为了让士兵无后顾之忧，命人给士兵的家属分发了粮食和皮袄。就这样，短短几个月，就召集了一支一万多人的军队。

这日，连阴了数天的泽当上空，太阳终于露出了久违的面孔，松赞干布在雍布拉康的城墙边散步，一名仆人前来通报说有个年轻人想见赞普，说他的父亲认识赞普。松赞干布让仆人把年轻人请来，年轻人来到松赞干布面前，单膝跪地，向松赞干布行礼，当他抬起头来，松赞干布才看清原来是娘氏那位老人家的儿子。

松赞干布赶紧上前扶起他，脸上满是喜悦。年轻人激动地说：“父亲非常感激赞普送的粮食和衣物，他说您是个好赞普，拥戴您一定可以过上太平日子。听到您征兵的消息，父亲让我带着附近村落的年轻人来找您。”

老人的儿子指着远处的一群年轻人说：“那就是我的同伴，我们都崇拜赞普，愿意跟着您去打叛军。”

顺着他手指的方向，松赞干布看到，十几个年轻人身背行囊站在山脚下，仰望着山上的城堡，迎着高原炽烈的阳光，他们的脸上绽出了灿烂的笑容。

嗜权者的阴谋

太阳总能带给大地和子民以生的希望，在它的俯视下，青草为之茂盛，绿树为之茁壮，河流为之欢腾，但是，世间也有它无法照耀的角落。

在吐蕃的历史记载中，有一股势力被称为“父王六臣、母后三臣”，史书中关于他们的最早记载出现在第八代赞普止贡赞普时期。

“止贡”在藏语中的意思是“死于刀下”，其祖母卓夏玛几林玛认定这个孩子注定短命夭亡，因此取名止贡。止贡赞普骄傲蛮横、目中无人，得罪了很多人。父王六臣和母后三臣虽然臣服于吐蕃，但地位极高，而止贡的傲慢越来越引起他们的不满，这些部族与吐蕃之间产生了裂痕，矛盾的种子也开始悄悄播撒。

在之后的几百年间，吐蕃与父王六臣、母后三臣靠着权力的制约与平衡，维持了相对的安宁。但是那些嫉恨的目光与暗地里滋生的不满却始终没有消失，它们像暗夜里的幽灵，盘旋在吐蕃的殿堂，只为等待一个时机。

为了维护吐蕃的统一，松赞干布四处征战，此时，却遭遇了来自背后的暗箭。父王六臣和母后三臣觊觎悉勃野家族显赫的地位和权势，试图在吐蕃内忧外患的形势下，一举夺取权力。于是他们派出了巴图·泽布尔去破坏松赞干布与娘氏、韦氏、农氏、蔡邦氏等部族之间的联盟。

权力的诱惑成了人心的试金石，松赞干布不得不面对一个残酷的事实：他不仅需要打败那些阳光下的敌人，更要与暗地里的敌人周旋，这不仅仅需要高深的谋略，更需要铁血的手腕。成长是一笔交易，松赞干布用朴素的纯真和未经人事的洁白交换了长大的勇气。

巴图·泽布尔本是苏毗的一个贵族，苏毗被吞并后，巴图·泽布尔失去了原有领地，他不得不带领族人向高寒地区迁徙，然而恶劣的自然环境使得部族人口锐减，巴图·泽布尔也失去了自己的家人，对于吐蕃的仇恨使巴图·泽布尔渐渐失去了理智。在父王六臣和母后三臣的怂恿下，他潜入松赞干布的军队中，伺机破坏吐蕃与各个部族的联盟。

一场阴谋与背叛编织的网，逐渐笼罩在军营上空，试图阻挡松赞干布平叛的步伐。

吐蕃此时正值冬季，呼啸的寒风刺人心骨，轮守的士兵裹着厚厚的牦牛皮仍不停颤抖。

巴图·泽布尔趁着夜色潜入了蔡邦氏首领的帐中，举起匕首，深深地刺进了他的心脏。蔡邦氏首领临死前发出一声惨叫，死死地抓着巴图·泽布尔的衣角，眼神里充满了痛苦。这位首领也许到死都不知道，在这场政治的旋涡里，他成了一枚棋子。

突如其来的尖叫惊醒了所有人，士兵循声而去，发现蔡邦氏首领被人杀死在帐中，身边是一把沾满鲜血的匕首。之后，军中谣言四起，与蔡邦氏有利益冲突的农氏、娘氏都成了怀疑对象，甚至有人怀疑是松赞干布的手下所为。

这场风波给松赞干布的军队带来了巨大冲击，它如同一股巨浪，拍打着风雨飘摇的吐蕃政权。松赞干布深知，一旦盟军瓦解，吐蕃将跌入万劫不复的深渊，那时，自己的万丈雄心将无处安放。

松赞干布连夜召见了他最信任的大臣尚囊，商议解决的办法。尚囊建议松赞干布从现场留下的匕首查起，顺藤摸瓜找到匕首的主人，便可以抓到杀害蔡邦氏首领的凶手。心思缜密的尚囊还提醒松赞干布，凶手的这一举动显然是想破坏部族之间的联盟，可见他背后一定有人指使，找到背后真正的主谋才能彻底平息骚乱，稳定联盟。

松赞干布采纳了尚囊的意见，派手下追查匕首的来历。几天几夜的追查使得事情终于有了眉目。匕首上镌刻的花纹属于吐蕃特有的纹饰，只有地位尊贵的吐蕃大贵族才能使用这样的纹饰。

此时，松赞干布心中已经有了答案，大贵族中父王六臣和母后三臣素来与自己的家族不和，他们总是阳奉阴违、暗中记恨，这次的谋杀很可能是这些人的阴谋。于是，他派人密切关注父王六臣和母后三臣的动向。就在这个过程中，松赞干布发现，有一名叫巴图·泽布尔的士兵与他们来往密切。

一切变得明晰，在巴图·泽布尔返回军营的途中，松赞干布命人将他抓获，经过审讯，他承认是自己杀死了蔡邦氏首领，并在军中散布谣言。松赞干布下令处死巴图·泽布尔，血淋淋的人头表明了一场阴谋的破产，更展示了松赞干布不变的决心。他要让整个高原的人看到背叛者的下场。

千里战局尽收于心

由男孩成为男人，有些时候，并不需要太长时间。

从初登赞普之位的青涩到如今的运筹帷幄，松赞干布仅仅用了三年时间。十年磨一剑，松赞干布这把宝剑早已被时间和逆流打磨得锋利无比。

夜幕低垂，松赞干布刚刚处理完一天的事务，倦意萌生，他踱步来到帐外。远处的残阳只剩下一抹血红，父亲去世已经有三年了，时间愈合了伤口，却留下了永远的疤痕。只是身为赞普，松赞干布不愿过多地悲伤，他需要的是从悲伤与愤怒中汲取前行的力量。

回想过去的三年，松赞干布经历了丧父、背叛、战争，血腥味成了他少年时代永远无法抹去的梦魇。然而，他也感谢命运用这样的方式教会他成长。十六岁的年纪，松赞干布却拥有着成人都不及的睿智和谋略，正是这些经历支起了他年轻的臂膀，给了他稳固权力的力量。

天色渐晚，松赞干布穿梭于军帐之间，帐中传来士兵轻微的鼾声。望着眼前成片的帐篷，他感觉胸中热血涌动，希望的曙光隐约可见，漫无边际的暗夜开始褪去。

唐贞观六年（632年），松赞干布集结了一万余人的军队，在人口稀少的雪域高原，这支军队可谓庞大。将士们高昂的士气、必胜的斗志足以震慑一切敌人。

此时的松赞干布，终于可以安然地睡上一觉，然而他却舍不得睡去。他返回帐中，双眼直视帐上的那张地图——绵延的雪峰、肥沃的草场、成片的绿洲，火种一样闪耀在他眼里，那是一个赞普对于疆域的渴望。

睿智的松赞干布除了壮志雄心，更有行军谋略。他分析着吐蕃的地势特征、河流走向、部族分布，制订着详细的作战计划。这一次，他不容许自己有半点闪失，同时，士兵受命于他，他就要尽最大的可能减少伤亡。

夜色渐深，寒气也愈发重了，下人几次劝松赞干布歇息，他都没有应答。此时，他身披长袍，伏在案前，专注无比。

长者当年教授的吐蕃历史、高原地理，让他在危急时刻如虎添翼。对于雅鲁藏布江沿岸的每一寸土地，松赞干布都了然于心，没有人比他更了解该如何用兵、如何部署。

吐蕃的都城位于雅鲁藏布江的南岸，叛乱的部族大多位于吐蕃的东西两面，这种形势下，两面出击必然腹背受敌，松赞干布需要的是安抚一方稳住大局，然后逐个击破。而北方的贵族们虽然臣服于吐蕃，难保战事兴起时他们只顾自保。这些都是松赞干布必须考虑的问题，他相信缜密的思考会大大增加自己取胜的筹码。

这时，一名与松赞干布最亲近的侍从见赞普帐中还闪着亮光，便走进了帐中，行礼后问道："夜色已深，赞普为何还没歇息？"

松赞干布抬头看了看侍从，面露微笑道："现在我成功集结了一万余人的军队，吐蕃终于可以一雪前耻了！"

"所以赞普此刻非常喜悦，不愿睡去，对吗？"

松赞干布指了指帐外，对侍从说："你看帐外的士兵，他们因仰慕吐蕃而来，他们相信吐蕃会带给他们胜利和希望，我怎么能容许自己失败，我不想吐蕃的子民成为别人的奴仆，不想吐蕃的土地被敌人侵占。"

多年的主仆情谊让这位侍从十分清楚松赞干布的脾气秉性，见赞普毫无睡意，便不再多说。

在这个无眠的夜晚，这位十六岁的少年正扛起一场远征的重任，无论前方是坦途抑或崎岖，他都义无反顾。强大的军队和缜密的部署必将为他带来一场漂亮的翻身仗，战争的序幕刚刚拉开，千里战局就了然于心。

高原的夜空深邃而高远，繁星点缀，月已半圆。

远处的山峰传来野狼的嚎叫，在空旷而寂静的雪域高原显得如此清晰。

松赞干布每日在权力的旋涡中厮杀，生存早已成了他唯一的法则，他如同远处的孤狼一样，高踞峰顶，俯视群山。

叛乱者的末日

有人的地方，就有利益，有利益就有纷争，有纷争就有阴谋。巴图·泽布尔虽被处死，但背后的那双黑手还没有被斩落。松赞干布与父王六臣和母后三臣之间的斗争远远没有结束。

父王六臣和母后三臣，这九个吐蕃的旧贵族与悉勃野家族属于亲族关系，他们拥有广阔的领地和尊贵的地位，历任赞普对他们以礼相待。只是利益的冲突使得两方阵营的矛盾越来越白炽化，到松赞干布时期，这种矛盾再也无法调和，一场大战在所难免。

多年来，松赞干布隐而不发就是为了积蓄力量，等待一个合适的时机。

唐贞观六年（632年），这个时机终于来临了。此时的松赞干布拥有万余大军、群臣拥戴，面对内外敌人的夹击，他决定从内部开始一步步肃清所有的劲敌。少年赞普或许不知“攘外必先安内”这句话，却深谙其中智慧。

父王六臣和母后三臣正沉浸于计谋得逞的喜悦中，他们自认为在军营中制造的骚乱足以给松赞干布的联盟重重一击，却未曾料到松赞干布如此快速地化解了危机。

这一天，父王六臣和母后三臣聚在一起饮酒，宴会上，歌舞奏乐、佳肴美酒，热闹非凡。忽然，一个仆人上来通报说赞普命人送来一份大礼，只见仆人手中拖着一个木箱，木箱上系着一块红布。大贵族们纷纷走上前，其中一个首领率先打开了木箱。

眼前的一幕吓呆了众人，木箱中赫然放着巴图·泽布尔的人头，一股血腥气扑面而来，渐渐扩散至整个宴所。前一秒还扬扬得意的大贵族们，顿时吓得脸色惨白，一时之间，惊恐、愤怒、慌乱充斥了整个宴会。

这份“大礼”给了父王六臣和母后三臣一个下马威，也成了松赞干布对他们的宣战书。一场吐蕃王族与吐蕃旧贵族之间的战争正式拉开了帷幕。

为了鼓舞士气，坚定必胜决心，松赞干布决定亲自领兵平定叛乱。将士们排列整齐，整装待发。随着号角的吹响，松赞干布跃上战马，走在大军的最前面，身后的大军迈着整齐的步伐浩浩荡荡地朝着父王六臣和母后三臣盘踞的地区出发。

从实力上来讲，父王六臣和母后三臣远远不及松赞干布，但是作为吐蕃最古老的贵族，他们世代享受特权，财富和人口都不容小觑。正因如此，他们才会狂妄自大。

这些旧贵族暗中捣鬼，希望通过与吐蕃周边叛乱的小邦里应外合推翻吐蕃政权，如今却成了松赞干布第一个要消灭的对象，这让他们措手不及，加上吐蕃强大的军队，战争开始没多久就溃不成军。曾经嚣张的旧贵族面对松赞干布的铁骑，再也无力反击，只能投降。

其实在这些旧贵族投降之前，他们领地内很多庶民就已归顺松赞干布。连年战乱，民不聊生，百姓早已厌倦了无休止的战争，渴望太平。当赞普的大军来临之际，他们积极响应，正是因为得到了他们的支持，松赞干布的军队才得以在短时间内击溃叛军，夺得胜利。

面对叛乱者的投降，吐蕃的大臣中出现了两种意见，以尚囊为代表的大臣认为吐蕃应该接受父王六臣和母后三臣的投降，而以论科耳为代表的大臣则痛恨父王六臣和母后三臣的背信弃义，主张将他们彻底消灭。

伟大的人物永远都不会穷兵黩武，他们懂得宽容与慈悲，松赞干布亦是如此。

旧贵族已经战败，松赞干布决定接受投降。一方面他不想成为一个嗜血恋战的赞普，另一方面他也想让饱受战火摧残的子民休养生息。接受投降的同时，为了避免叛乱再次发生，松赞干布决定剥夺大贵族的一切特权。

这天，松赞干布一身素衣立于大殿之上，下面跪着的是父王六臣和母后三臣这九大贵族，他们战战兢兢，等待着赞普的判决。

“你们是吐蕃的旧贵族，你们的祖先和我的祖先是兄弟至亲，但是在吐蕃四面受敌的时候你们却背弃了吐蕃。现在我接受你们的投降，不再追究过往，只是，为了吐蕃政权的牢固，我必须剥夺你们身为吐蕃贵族的身份。你们必须将土地、子民交由我管辖，一切事务都交给我的官员按照制度去管理。这就是我接受你们投降的条件。”

旧贵族们早已无力抗争，面对松赞干布提出的条件只能乖乖接受。

至此，松赞干布平定了吐蕃内部所有叛乱，建立了坚固的堡垒。

这次平叛是松赞干布的第一次出征，胜利的喜悦终于让他的眉头舒展开来。茫茫的雪域高原上，属于松赞干布的号角响彻穹宇。

第三章

最后的都城：夹缝中的壮志雄心

与雅砻河谷相比，吉曲流域北有念青唐古拉山这座天然屏障，南与悉勃野发祥地相连，东可牵制娘波、工布等地，西窥强敌象雄，可攻可防，可进可退。此地理位置对政权发展，无疑至关重要。唐贞观六年（632年），一道神秘的光环降临在逻些（今拉萨）红山山顶，松赞干布终于下定决心迁都，放弃祖辈们经略已久的雅砻河谷，重新构筑政权堡垒的一砖一瓦。

红山的神示

坐落于拉萨红山之上的布达拉宫是西藏地区最鲜明的文化符号，一千多年前，拉萨被称为“逻些”，是吐蕃政权继泽当之后的第二个都城，迁都至此的正是松赞干布。

“逻些”是唐朝时吐蕃语的音译，有时写作“逻娑”。另外，《旧五代史·外国传二·吐蕃》中曾提到：“其俗随畜牧无常居，然亦有城郭，都城号逻些城。”

千百年来，藏族人民把迁都逻些归为神启，认为这是天神的指引，而天神给予最早的“启示”可以追溯至拉托托日年赞时期。

拉托托日年赞是吐蕃的第二十八代赞普，他被认为是普贤菩萨的化身。在吐蕃诸位赞普中，这无疑是一位极具神话色彩的赞普。相传，拉托托日年赞六十岁的时候，一天，他正在雍布拉康内用膳，天空中忽然响起了美妙的乐声，祥云笼罩四方，七彩的雨滴开始洒落在雅砻河谷。

人们纷纷停下手中的劳作，望着天空奇异的景象。这时，一道七彩光芒直射而下，透过雍布拉康，照在了拉托托日年赞的身上。直到光芒完全消散，人们才看到端坐的拉托托日年赞手中捧着一个宝盒，宝盒镶嵌着五彩珍宝，并发出耀眼的亮光。

拉托托日年赞用手托住宝盒，将它轻轻开启，展现在他面前的是《诸佛菩萨名称经》《宝箧庄严经》、金塔、牟陀罗印、如意珠印牌。当时，没有人知道这是什么，但由于伴随着祥瑞之兆，又有经卷、佛塔，拉托托日年赞认为这一定是神圣吉祥之物。因此，人们把这些经卷和神器称为“年波桑哇”，在藏语中是“威严神圣”的意思。拉托托日年赞将宝物安置于殿堂之上，每天供奉，日日叩拜。

拉托托日年赞第一次路过逻些，就觉得这里如天堂一般，东面是红山，中间是药王山，西面是帕马日山，三座山簇拥着美丽的河谷地带，绿草茵茵，牛羊成群。在太阳的照射下，吉曲波光粼粼。拉托托日年赞心中大喜，将这里称作“吉雪沃塘”，意为流着牛奶的草原。

红山的形态像一只侧卧的大象，药王山的形态像一头吼叫的雄狮，帕马日山则像一只老虎，三座山形态各异，却都气势雄伟。于是，拉托托日年赞在红山上建了一座白塔，这座白塔成了逻些最早的人工建筑。后来，他便在逻些的红山上隐居修行。

人们相信红山具有神的力量，拉托托日年赞正是受到了红山之神的启示，才征战四方，大获全胜，建立了后来的功业。

祖先的经历深深感染了松赞干布，他渴望让吐蕃得到好运，获得神的庇佑。据《卫藏通志》记载，松赞干布后来回忆迁都之事时，曾这样说：“昔日我祖拉托托日年赞乃普贤之化身，曾住在拉萨红山顶……今我将履先王遗迹，往彼吉祥安逸之处，而做一切利益众生之事……”

于是在平定内乱之后，他开始思索迁都事宜——将都城迁往象征着吉祥的红山之巅。但心思缜密的松赞干布深知迁都之事非同小可，没有万全把握，不可贸然提出。松赞干布决定带领群臣到红山视察一番。

众人沿着雅鲁藏布江骑马缓行，阳光铺洒在河谷上，牦牛在岸边悠闲地吃草，放牧人晃动着手中的鞭子传出阵阵响声。一行人享受着此刻的宁静，陶醉在眼前的祥和之中。

经过一天的跋涉，松赞干布和臣属终于来到了红山脚下。

众人站在山脚仰望红山，陡峭的地势、巍峨的山脉让人心生敬畏。忽然，天空出现了一道神秘的光环，在暮色中甚是耀眼，光环笼罩在红山上空，久久未散。臣属见此异象，惊讶不已。此时，松赞干布更加坚定了迁都的决心。

这就是藏文史书中流传下来的迁都传说，人们称之为“红山的神示”。

古希腊时期被西方称为“孩童时期”，一些历史被神话化。现在回想，人类的想象是如此丰富多彩，却又如此一致，他们用想象为历史披上神秘的外衣，将一些事情归结于神的指引。世代的口耳相传，让人类有了珍宝般璀璨的神话世界。

“红山的神示”或许只是一个美好的传说，却是千万藏族人民笃信的历史，他们相信正是那道红光，为吐蕃子民指引了一个繁衍生息的福地。

政权兴盛的福地

“红山的神示”为松赞干布的迁都提供了神话解读，但还原到历史本身，迁都却是当时种种因素综合作用的结果。

当年松赞干布为了争取巴·鱼泽布等大贵族的支持，北渡雅鲁藏布江时，路过逻些，这里肥沃的草场、丰沛的水源一下子吸引了松赞干布。彼时正值盛夏，富饶的吉雪沃塘被群山环绕，河水中流，秀美中更添几分雄伟，这番景色给松赞干布留下了深刻印象，为日后迁都做足了心理准备。

迁都对于一个政权的发展稳定有极其重要的影响，统治者往往出于政权延续、力量制衡等目的决定迁都。松赞干布迁都逻些，也是基于这几方面的考虑。而天时地利人和的汇聚，促成了此次迁都之举。

从时机来讲，松赞干布平定了吐蕃内乱，内外都受到了极大震慑。作为一位新继任的赞普，松赞干布的威严得以树立，接下来，摆在松赞干布面前最为迫切的任务就是平定外部的敌对势力。与此同时，吐蕃内部生产力的发展，使人民生活有了较大提高，拥戴赞普的人越来越多。政局和人心的初步稳定，为迁都事宜提供了一个合适的时机。

另外，吐蕃原本的都城位于泽当，这里一直是吐蕃的政治中心。然而在南日伦赞时代，吐蕃的军事中心开始转移到雅鲁藏布江北岸的吉曲河谷，政治中心与军事中心的分离，在一定程度上影响到了吐蕃政局的稳固。迁都逻些不仅可以合并政治中心与军事中心，更可以加强对雅鲁藏布江北岸的控制。

从地理环境来讲，逻些周边群山环抱，又有大河流经，这些天然屏障可以成为逻些最坚固的防守。作为吐蕃的中心腹地，这里地处整个雪域高原的中枢位置，占据此处便可控制整个雪域高原。

从人和的角度讲，雅砻河谷是悉勃野家族世代繁衍的地方，这个地区盘踞着吐蕃大部分的旧贵族，他们对赞普的权位虎视眈眈。南日伦赞的死给松赞干布留下了巨大阴影，他对这些旧贵族充满了戒心，因此他希望迁都雅鲁藏布江的北岸，以便摆脱这些大贵族的牵制和威胁。此外，松赞干布继任吐蕃赞普后，得到了吉曲河谷众多新贵族和庶民的拥戴，迁都逻些不仅可以巩固这些联盟，同时也可以凝聚人心，增强吐蕃实力。

多重因素的汇聚，让松赞干布对迁都充满信心，他相信这片土地会给吐蕃带来兴盛，会让子民永享太平。然而，迁都的过程远没有想象中那样顺利。

不可撼动的决定

悉勃野部落发源于雅砻河谷，祖祖辈辈的繁衍生息使吐蕃子民对这里有着深厚感情，松赞干布虽然坚定了迁都的决心，却也不得不考虑子民对雅砻河谷的不舍与留恋。因此，他决定先向母亲卓萨妥噶和叔父论科耳说出自己的想法。

论科耳听到赞普想要迁都的决定，不免有些惊慌，语带颤音地说道："我们世代经略这里，才有了今日的繁华，这里不仅浸透着族人的汗水，更彰显着家族的荣耀，现如今你要迁都，是要背弃祖先吗？"

论科耳的一席话让松赞干布感觉到一丝不妙。卓萨妥噶也对迁都充满忧虑，老人家最不愿离开故土。松赞干布一边安抚着母亲的情绪，一边从天时地利人和三方面向母亲和叔父解释迁都的必要性。

听完松赞干布的一番话，卓萨妥噶感觉儿子对迁都确实经过了深思熟虑，但是自己一时无法接受："我从未去过逻些，在这高原，还有哪个地方比我们雅砻河谷更丰美？"

"母亲，叔父和我都曾到过逻些，那里的吉曲河谷非常平坦，草场茂盛，水流充沛，是一块福荫庇佑之地。"松赞干布说。

论科耳虽然明白松赞干布的宏图，还是担忧地说道："吉曲河谷自然条件的确优越，作为都城倒也未尝不可，可是就怕会有很多人反对。"

松赞干布见论科耳已被说服，心中闪过一丝喜悦，他转头看着母亲和叔父，语气坚定地说："我既然下定决心迁都，自然有万全的把握，我会和大臣们说明利害，让他们同意迁都的。我已经长大了，不再是以前那个懵懂的孩子，希望你们支持我的决定。”

卓萨妥噶陷入沉思，许久之后，她看了看眼前的松赞干布，说道：“你今年已经十六岁了，母亲不该总是干涉你，既然你已经想好了，那母亲相信你，愿意随你迁往逻些。”

在论科耳的协助下，部族中的长者也同意迁都逻些，下一步就是召集各部族首领和自由民代表，举行“人民会议”，商议迁都的具体事宜。

这天，吐蕃各个部族的首领集聚在雍布拉康，城墙上彩旗舞动，在雪峰的映衬下更加夺目。

侍从们引领部族首领一一坐下，松赞干布深吸一口气，说道：“今日，邀众位来到雍布拉康，是有一件大事要与诸位商议，现在吐蕃已经平定了内乱，动荡的政局也逐渐安定下来，我决定迁都逻些，不知各位有何意见？”

首领们面面相觑。

“各位不必有所顾虑，尽管说出你们的看法。”松赞干布洪亮的声音响彻大殿。

这时，有一位首领站了出来，躬身道：“伟大的赞普，迁都逻些恐怕不妥，雅砻河谷本就是我们吐蕃发源之地，这里根基稳固，北方对于我们来说太陌生，我建议迁都之事还是三思而行。”

另一位首领也站起来说道：“逻些地势险峻，周围山峰林立，赞普有没有想过如何在那里建造宫殿和居所？”

松赞干布听完两位首领的话，点了点头，面露微笑：“各位都是随我的父亲和我征战四方的英雄，你们应该知道，吐蕃子孙从来不畏惧陌生与危险。迁都逻些，不仅可以震慑东西两边的敌人，也利于我们运筹帷幄。逻些地势险峻，进可攻退可守，是不可多得的军事宝地。当年我们的祖先建造雍布拉康也是历尽艰辛，所以，只要所有吐蕃子民团结起来，一定可以建立一座繁盛的逻些城。”

少年即位的老成和平叛杀敌的功绩，使松赞干布在各部族间树立了极大威信，听完松赞干布井井有条的分析，众人一致同意迁都。松赞干布心中的巨石终于落地，他将带着祖辈的功绩前往逻些，在那座城，他将创造属于自己的辉煌。

合拢权力手掌

唐王朝曾上演过这样一幕：太子李建成率领众部下，经由玄武门前往武德殿，当时天际微白，繁星依稀可见，城墙上的火把还未熄灭，周围安静得仿佛可以听见火把燃烧的声音。警觉的李建成感觉气氛诡异，下令返回。然而，一切都太迟了，部下还未做出反应，前后城门已经被关闭，城墙上出现了无数的弓箭手，目标直指太子李建成。

那一刻，李建成知道自己终究是败了。他绝望地抬起头，城墙之上的李世民正凝视着自己，脸上的表情模糊不清。城门再次打开时，城门之内早已血流成河，古老的城门记下了这场历史巨变，也见证了一场皇权的厮杀。

历史上著名的“玄武门之变”至今仍被时时提起，纵观这场皇位之争，便会发现偶然的变故背后隐藏着不变的定律。唐高祖李渊登基后，李建成被立为太子，常驻宫内处理政务，秦王李世民则带兵征讨，掌管兵权，兄弟二人分管政权与军权。最终，李世民得以上位，成了大唐皇帝，这足以证明军权的至关重要。

在城邦林立的雪域高原，吞并、征服的故事每天都在不停上演。从小挣扎在权力旋涡的松赞干布比任何人都明白，军权对于吐蕃意味着什么。因此，当铲除内患、迁都逻些之后，他要做的第一件事便是合拢权力的手掌，将军权牢牢地握在手里。

苏毗曾是雪域高原最大的政权，然而苏毗的政治体系却极为松散，从一定意义上讲，这只是一个松散的军事联盟，而非统一的政权。据史书统计，苏毗当时大小城邦首领有十七人，而家臣更是多达三十三人。

这些城邦臣服于苏毗的统治，却拥有自己独立的兵权。联盟中的大小城邦常常因为领土、人口、财产发生冲突，作为盟主的苏毗对他们并没有实际的控制力，因此无法调和城邦之间的矛盾。在这样的背景下，整个高原战无虚日，纷扰不已。

表面强大的苏毗政权，犹如一盘散沙搭建的城堡，在如旋风般崛起的吐蕃面前轰然倒塌。

然而，在南日伦赞统治时期，这种松散的部落联盟仍没有质的改变。吐蕃内部父王六臣、母后三臣和其他的部族首领都拥有自己的属地及独立兵权，无论是家臣还是军队都只服从个人调遣，而不是听命于统一的吐蕃政权。各大贵族和部落势力的扩大严重威胁到了吐蕃政权，南日伦赞时期，曾试图抑制大贵族的权势，提拔新贵族，以实现权力上的相互制衡。但是，南日伦赞忽略了权力最实质的核心不是政治，而是军队。他所建立的政权只是在形式上实现了统一，却没有强大的军事实力作为支撑，所以群臣叛乱之时，吐蕃险些被推向了瓦解的边缘。为了避免历史重演，松赞干布决定加强对各个贵族的控制，将至关重要的军事权力牢牢握在手中。

松赞干布最大的幸运，莫过于他是一个战绩在身的赞普，在多年的平叛和征讨过程中，松赞干布组织和训练了一支强大且忠于自己的军队，这支军队可以让他毫无畏惧地抗击所有敌对势力。

松赞干布在军队中选拔英勇善战、战功赫赫的将士组成禁卫军，对他们展开了地狱式训练，这支精锐之师成了松赞干布最强大的武器。此前，他还需要顾忌一些大贵族和权臣，有了这支军队后，他便可以安然地立于宫中，享受万人之上的威严与尊贵。

一场军事大整顿

随着军权的加强，松赞干布开始从军队内部推行改革，旨在建立一套体系完整的军事制度。这场军事大整顿，大雨似的冲走了种种痼疾，为吐蕃铸就了一袭钢铁铠甲。

吐蕃军事组织最小的单位是“组”，主要包括组本、俄本、真普及真约，其中“组本”指组长、“俄本”指副组长、“真普”指炊事兵、“真约”指仆役。四人为一组，各司其职，各尽其事。吐蕃兵制采用的是二五进位，两“组”为“十”，“十”中另设十长、副十长。由“十”进而又组成“五十”“一百”“五百”“一千”“五千”“一万”。《吐蕃历史文书》中就曾记载过百夫长、大五百、千夫长等官名。

在人口匮乏的年代，严密的军事组织往往可以创造出最强战斗力。多年行军的经验赋予了松赞干布最好的灵感，而兼收并蓄的博大胸襟更让他学到治理军队的要义。他仿照强邻大唐的军事制度开始了军事改革。

松赞干布把大大小小的部落合并成众多的千户府，作为整个政权的砖瓦。千户府，既是政治单位，又是军事单位，这个中原的管理体制，犹如格桑花一样开遍了吐蕃的每一寸疆土。

四或五个千户府组成一个“支如”，两个支如组成一个“如”。在藏语中“如”有旗、翼等含义，最终三十一个千户府和四个下千户组成吐蕃历史上著名的“五如”：苏毗如、藏如、约如、卫如和叶如。这种制度与后来清朝的八旗制度颇为相似。

拉萨的博物馆中至今仍保留着当时的如旗。色彩各异的如旗绘着精美纹饰，上面的图腾由藏族人民手工绘成，显得灵动跳脱。明明是政治与军事的产物，却成就了如此唯美动人的艺术。

吐蕃的每个支如都设有大将一人，副将一人，判官一人。赞普会根据需要决定是否设置元帅。掌管各如的是都元帅和副都元帅，受命于大相，而大相则直接听命于赞普。整个吐蕃军队犹如一棵繁茂的冷杉树，枝丫丛生，却枝节分明，唯有树干——赞普能够掌控这一切。

松赞干布明白掌握兵权可能会滋生叛乱之心。因此，每次出征，松赞干布都会派遣一名监军使驻扎军中，监视元帅和大将的行动，直接汇报给赞普。

松赞干布控制着各个地方的军事力量，原本松散的地方兵力在他的统率下，已经完全听命于他和吐蕃政权。他用制度的权杖，将大贵族和部族手中的军权层层剥离，地方不再拥有扩充兵力、调遣军队的权力，赞普的金箭成了指挥大军的唯一凭证。

军队内部的建设完成之后，松赞干布开始将视线转向吐蕃与属地的边界。

在资源稀缺的高原，每个部族首领都对土地充满了渴望，这些虎视眈眈的敌人如同荒野群狼，渴望从吐蕃分一杯羹。松赞干布深知周边的劲敌不容小觑，于是着手推行屯兵戍边制度。

遥远的吐蕃边境，远不如想象中安静祥和，纷扰的战火侵袭着世代居住于此的百姓，他们渴望赞普的目光能够垂怜这片不安的土地，让破败的家园迎来高原春风，从而焕发生命的绿意。

终究，翘首企盼的梦境成了现实。

赞普浩浩荡荡的大军，迈着整齐的步伐来到了吐蕃与各个边邻的交界，大军的到来犹如镇山的宝物，结束了边界的纷争。牛羊在草场和山麓上肆意奔跑，百姓可以安心播撒下每一粒种子，等待秋天的收获。

此时的松赞干布不得不对一件事情保持警醒，那就是戍边将领有可能独据一方，发展为割据势力。见惯了背叛与倒戈的松赞干布，不愿他的政权再承受一丝风险，他急切需要找到对策。

迁都逻些后，为了不让母亲卓萨妥噶感到孤单，松赞干布每日都会去问安。政务纷争让松赞干布时时警醒，唯有在母亲这里，他才能寻得内心的宁静。这日，松赞干布来到母亲的寝室，她正给从泽当带来的格桑花浇水，洒落的水珠在阳光的映射下，闪耀着七彩的光，然而，凋零的花瓣，却已铺满窗沿……

松赞干布走进房间，连日来繁忙的政务让他有些疲惫，而如何控制驻扎边境的将领势力更让他寝食难安。卓萨妥噶心疼地抚着儿子的额头，为他舒展皱起的眉头。

松赞干布望着窗边的格桑花，问母亲："为何时节未过，花儿已经开始凋落？"

卓萨妥噶看了看散落的花瓣，叹道："雅砻的格桑，到了这里自然无法再像以前一样繁茂，就像人一样，离开了故乡，便无以为根。"

松赞干布想要安慰母亲，却一时语塞。母亲对泽当的留恋又怎能凭一言一语就化解呢？然而，母亲的话让他茅塞顿开。

以往吐蕃的贵族之所以势力强大，皆是因为他们世代固守一方，倘若定期轮换戍边的将领，那么地方割据便失去了根基。于是，松赞干布决定采用轮换之法避免外将拥兵自重。

至此，赞普对于军队的控制已完全制度化，边境的安宁为本就强大的吐蕃更添坚固。

循着历史的足迹，我们会看到当年雄姿英发的松赞干布身披战甲，统领大军，飘扬的彩旗、嘹亮的号角足以震慑整个高原。他的军队犹如一条九曲连环，环环相扣，层层牵制，权力的牢固莫过于此。

第四章

消失的边界：吹起吐蕃政权的号角

对于一个勇攀高峰的政权来说，疆域永远不在眼下。扫平苏毗等部族势力后，年轻的赞普并没有感受到餍足的喜悦，次年便亲自出征象雄。他的目光穿越重重雪峰河流，瞄准象雄、吐谷浑，甚至日渐昌盛的大唐帝国。不甘于平庸的松赞干布嗅到了机遇的味道，前行的步伐代表了他的雄心。

象雄的狼牙

20世纪初，位于西藏阿里地区象泉河流域的两座古城遗址，吸引了考古界的目光。在这片土地上，两座古城遗址的发掘向世人传达了一个讯息——文明的宝藏即将被开启。

随着古城遗址发掘的深入，人们逐渐揭开了西藏古老文明的面纱，循着考古的脚步，一个曾经横跨青藏与中亚地区的古老政权，眉目变得愈发清晰。

两座古城遗址依山而建，一座位于噶尔县境内，一座位于扎达县境内，无论建筑风格、地理条件还是城池规模，都与史料中古象雄的都城穹隆银城相契合。然而，哪座才是曾经繁华的象雄都城，仍是未解之谜。史料的缺失、象雄文字的失传使都城记载变得扑朔迷离。恐怕，也只有时间才能给予我们最终的答案。

象雄，历史上曾被称为羊同、羌同，这个千年历史的高原政权拥有灿烂的文明。史书记载，象雄曾经统一了号称十八万户部落的“十八国”，建立了空前强大的象雄政权。宽广辽阔的疆域、复杂深奥的象雄文字、静谧高深的雍仲苯教，无一不昭示着象雄曾经的辉煌。

象雄对于西藏文明的影响，最深莫过于雍仲苯教的创立。

早在石器时代，雪域高原和中亚就已经盛行各种各样的原始信仰，这些原始信仰被称为苯教。原始苯教没有明确的教义，主要依靠人们口耳相传。它通过占卜未来、诵经祭神来消灾解难，在人无力与自然抗衡的年代，原始苯教成了西藏先祖的一种精神寄托。

原始苯教信奉万物有灵，日月星辰、山川河流、飞禽走兽皆可成为崇拜对象。人们凭借信仰的力量，在巫术、祭祀、图腾崇拜中寻求生命的庇护和种族的延续。

这种多神崇拜是人类早期文明的普遍现象。

苯教对藏族文化有根深蒂固的影响，它渗透于民众生活的方方面面，几千年来从未改变。藏族人民常用的祈福方式，如转神山、拜神湖、插风马旗等都是原始苯教在藏族百姓生活中的延续。

象雄的辛饶弥沃在原始苯教的基础上，融会了自己的教义，创建了雍仲苯教。雍仲苯教的创立，使混沌的原始信仰变得清晰严谨。

象雄文字，又称雍仲神文。现代语言学家发现，象雄文字与乌仗那文和伏藏空行文之间有着千丝万缕的联系。现如今，阿里地区的许多地名仍是古象雄时期流传下来的，但这些地名的具体含义早已无法解读。

学者们靠着古籍中的点滴线索，探寻着象雄文明存在的遗迹，渴望还原这个比吐蕃文明更为久远的历史。

公元7世纪，象雄的疆域东临玛旁雍错湖，南至拉达克，新疆和田以南千余公里都是象雄的土地。广阔的土地，为象雄提供了丰富的资源：广袤的草场、丰富的水源。象雄的畜牧业十分发达，物质的丰富使象雄首领有更多的精力进行军事扩张。

在首领姜葛氏的统治下，象雄军队的人数一度达到九万多人，成了雪域唯一可以抗衡吐蕃的政权。

一面是称霸一方的象雄，一面是逐步崛起的吐蕃，领地争夺的游戏永远都在继续。

林立的雪峰、交错的湖泊间，一场强者的角逐即将上演。

倔强的吐蕃公主

少年丧父的松赞干布有一个妹妹，名为赛玛噶，他代父职，并将这位妹妹捧在掌心，视若明珠。雅砻地区的牧民常常看到，松赞干布与赛玛噶牵着马在夕阳下漫步，金色的余晖洒在雅砻河面，鱼儿在水中翻腾，河边不时传来兄妹二人的阵阵笑声。

赛玛噶自小便如男孩般顽皮，哥哥松赞干布是她最好的玩伴。在家族最艰难的岁月中，亲人的扶持给了彼此力量，因此兄长的每一个决定，赛玛噶都极力拥护。从小到大，始终如此。

吐蕃女孩，每个都是骑射高手。作为哥哥的“小跟班”，赛玛噶自小就看着哥哥学习骑马、角力、射箭，久而久之，聪慧的赛玛噶便学会了这些。她常常纵马驰骋在广阔草场，风儿伴着花香，从赛玛噶的耳边吹过，那份自由，成了赛玛噶一生的追逐。

没有人比松赞干布更了解自己的妹妹，也没有人比松赞干布更疼爱自己的妹妹。所以当和亲的念头闪过脑海时，他一阵懊恼后随即将这个念头抛诸脑后，就当从未有过。然而，站在一旁的赛玛噶发现了这一切。

吐蕃与象雄的关系历来微妙，在利益的驱使下，二者时而胶如蜜糖，时而兵戈相向。在吐蕃内乱四起之时，松赞干布为了让自己能够专心应敌，试图安抚外部的势力，而地处西南、与吐蕃亦敌亦友的象雄，则成了松赞干布可以争取的最大筹码。

这日，众人商议如何应对象雄，许久仍无良策。最后，尚囊提出了一个建议："现在象雄居于西方，强攻不是上策，而且吐蕃的众邻中唯有象雄曾与吐蕃交好，因此，我们需要安抚象雄，以谋长远之计。"

尚囊的提议得到了群臣的认可，但是如何安抚仍是一个难题。松赞干布望着众人，希望能从中寻到答案，却发现他们个个目光闪躲，欲言又止。松赞干布忽然明白了他们的意思。

他没再说话，缓缓走出殿宇，陷入了深思。

熟读吐蕃历史的他自然明白如何掌控权力这把利刃，如何将敌人化为盟友，只是他不忍心让自己的妹妹充当这个筹码，尽管他的雄心已像火焰般在胸中燃烧。

从小到大的默契，让赛玛噶比任何人都了解自己的兄长，她知道松赞干布的志向如高原的天空一般高远，小小的雅砻之地满足不了他的雄心。她生为女儿，无法为兄长分担政务，更无力为兄长征讨敌军，她能做的唯有献出自己的自由，给吐蕃换来喘息之机。

倔强的赛玛噶走到松赞干布的身边，像小时候一样挽着哥哥的手臂，轻轻地说道："哥哥，还在为象雄的事情发愁吗？"

松赞干布没有作声，他转过头看着妹妹，赛玛噶的额头渗着细微的汗珠，长长的睫毛上下忽闪，眼睛映着天边的夕阳，显得愈发美丽。

那一瞬间，松赞干布才发现那个曾经无忧无虑的小姑娘早已长大，她的双眼褪去了年幼时的稚嫩，变得深邃。赛玛噶再一次打破了长久的沉默。

"兄长，我愿意嫁去象雄。"

松赞干布看着赛玛噶，愧疚、担忧、悲伤……万千滋味混杂，他无法言说自己的感受，只能强忍着胸中乱撞的血液，抚着赛玛噶的脸，说："可是，我舍不得你，吐蕃与象雄虽然曾经交好，但是现在形势复杂难辨，我不想让自己的妹妹成为这局险棋中的棋子。"

一席话后，松赞干布的眼眶早已被泪水润湿。作为吐蕃的赞普，他从不允许自己软弱，可是作为一个哥哥，他无法抑制自己的眼泪。

赛玛噶用衣角为松赞干布拭去泪水，说道："我们都是悉勃野家族的人，你在用你的方式维护家族的荣耀，我没有办法去战场厮杀，更没有办法参与政事，我能做的也只有这些。倘若我远嫁象雄，能得到象雄首领的宠爱，或许可以免去吐蕃与象雄之间的战祸，如若无法得到荣宠，我也可以作为兄长在象雄的内应。从小到大，你一直用自己的力量庇护我，如今我也想用自己的方式守护你和整个家族。”

松赞干布低着头，一言不发。

“请哥哥一定要答应我，不要再有顾忌。我并非娇生惯养，就像母亲说的，我是风吹不倒的格桑。”倔强的赛玛噶诉说着自己的决定，语气中没有丝毫退让。

世间的感情纵有千般，然而对于年少的松赞干布来讲，也许只有血脉亲情才是此刻的依靠。

故事像书一样，一页一页地翻过，其中的欢笑与眼泪或许只是故事的注脚，可是当我们再去回望，却发现那一滴泪、那一抹笑的背后，却是一个懵懂姑娘无法更改的命运。

逻些的城墙飘满彩旗，迎着高原凛冽的风，发出巨大的声响。赛玛噶即将远嫁，城墙内外站满的吐蕃民众，他们手中持着鲜花与美酒，准备为她饯行。

赛玛噶骑着马走过人群，她看到了吐蕃子民眼中闪烁的喜悦。一刹那，赛玛噶闪现出一个念头，或许远嫁象雄并非如她想象中那么可怕，或许等待她的是一个温柔的丈夫和无尽的宠爱……

她用薄纱遮去眼角的泪痕，迎着初晨的微光，走向城外，她留给吐蕃子民的是如花的笑靥。

送亲的队伍越走越远，最终化作天际的一个圆点，消失在茫茫雪域中。

巨大的城堡上，伫立着一个落寞的身影。他的身体有些颤抖，而眼睛却始终盯着远去的送亲队伍，那里有他最不舍的亲人，也有他永远都放不下的牵挂。

松赞干布手上仍残留着赛玛噶嫁衣上的香气，那个昔日在自己身边奔跑嬉戏的妹妹，如今却已生离，锥心的疼痛让他发誓，一定要让吐蕃变得更加强大。

吐蕃不战而胜

不知从哪里吹来的风，带着干燥的气息，拍打在松赞干布的脸上。仆人正要上前关窗，却被松赞干布挥手止住。松赞干布立于窗前，迎着越来越烈的风，思绪翻飞。

对妹妹赛玛噶的思念与担忧，早已填满了他的内心。但是，西部边境的暂时稳定，毕竟给了松赞干布喘息的机会，松赞干布比任何人都明白这份安定背后的代价，他重整旗鼓，步步为营，开始了下一步谋划。

在吐蕃的强敌中，苏毗一直以来都是松赞干布最大的担忧，无论是祖辈的谋略，还是父亲的远征，都没能让苏毗彻底降服，一场恶战，在所难免。

松赞干布绝不嗜战，他清楚地知道战争对于部族的杀伤力，没有人可以在残酷的战争中全身而退。然而，在茫茫的雪域高原，战争往往成为解决问题的唯一路径，战场上的鲜血成了铸就权力的炼火，在雪域高原蔓延开来。

松赞干布双目紧闭，任由夕阳打在自己的侧脸上，身后映出长长的阴影。

一个人，往往失去得越多就变得越寡言，没人懂得这位年轻赞普心中的所思所想，那深邃的目光中夹杂了太多的情感，也隐藏了太多的秘密。

亲人的离别也只能化作心中最深的痛楚，对父亲、对妹妹，松赞干布甚至来不及道别，就要接受命运的残酷考验。为了吐蕃，这个家族失去了太多，可是悉勃野的荣耀像一股巨大的力量，强硬地推着他不断往前，容不得他回头再看一眼父亲曾经的凝望，妹妹曾经的笑颜。

松赞干布再一次来到了母亲的床前，母亲斑白的发髻、浑浊的眼睛，引得他心中一阵刺痛，妹妹的远嫁让年迈的母亲哭泣了整整三天，然而她比任何人都明白儿子的无奈。骨血的牵连，让母子之间的情感愈发奇妙而深厚，松赞干布什么都不用说，母亲却都懂得。她只是静静地守着儿子，为他理顺被风吹乱的头发。

多年以来，母亲这里成了松赞干布唯一的宁静之处，只有在这里，松赞干布才敢卸下铠甲，宣泄情感。

赛玛噶已然走出了逻些城，朝着遥远的象雄而去，松赞干布不敢让自己沉浸在不舍中太久，因为无论对他自己还是吐蕃，生存的危机都不容小觑。他收起悲伤，重新站在城墙之上，在心中谋划部署，这一仗松赞干布将矛头对准了向吐蕃发难的苏毗残余势力。

当年苏毗被吐蕃征服后，南日伦赞只是将苏毗收归附属，并没有触碰到苏毗旧贵族的根基，他们仍然拥有土地、奴仆和军队。在吐蕃内忧外患之际，这些残余势力迎回了苏毗的继承人，试图向吐蕃发动战争，重建苏毗政权。松赞干布决定派出自己最亲信的大臣尚囊前去应对。

在吐蕃诸臣中，尚囊最具雄辩之才，他独自一人来到苏毗旧贵族的领地，暗地里拜访了几个势力较大的贵族。

“我们伟大的老赞普去世了，在你们眼中吐蕃的实力可能大不如前，本来我有些担忧，直到我看见了新赞普。他的决绝果敢、处变不惊让我确信他会成就比他父亲更大的霸业。”尚囊和几位苏毗旧贵族说着。

几位贵族面面相觑，明白了尚囊的来意。他们希望趁乱推翻吐蕃，重建苏毗政权，此时正是一个绝佳的机会。而尚囊对新赞普的描述，又让他们不敢轻举妄动。

尚囊发现了旧贵族眼中的一丝犹疑，心中暗喜，便接着说：“现在你们联合起来，迎回苏毗继承人，必然需要集结很多其他部族的势力，但是这些部族又怎么会忠于苏毗首领呢？你们最后还是免不了分崩离析。到时候，你们不仅丧失了盟友，也会惹怒赞普，失去现有的领地。依我看，你们倒不如现在放弃抗争，臣服于吐蕃，伟大的赞普必然厚待你们。”

一个旧贵族道：“我们已经集结了众多部族，随时都可以一举推翻吐蕃，为何要听信你的话，放弃这大好时机？”

尚囊笑道：“苏毗旧部人数本就不多，你们贸然进攻，就算成功也会伤亡惨重，之后恐怕也难以稳住局面。如若失败，那些和你们联合的部族必然会倒戈相向，以苏毗的实力又怎么与众多部族抗衡，恐怕到最后，苏毗就真的要从高原消失了。”

尚囊的一席话说得在情在理，旧贵族开始私语起来。

尚囊紧接着说道：“一时间做出如此巨大的决定也绝非易事，我给各位三天时间，三日后，希望各位给我一个答复。”

尚囊走后，这些贵族开始激烈地讨论，多数的意见认为，起兵不见得有绝对胜算，而维持现有局面倒是可以坐享富贵。思来想去，他们决定不去冒这个险，彻底臣服于吐蕃。

尚囊带回的好消息让吐蕃子民为之一振，松赞干布也终于松了一口气。

在众人都为这个好消息庆祝时，松赞干布一个人来到了雪峰上。他站在山顶，想起父亲曾对他说过的一句话：“我希望你有一天能够担起这项重任，替我保卫族人和土地，让族人可以在这里安居乐业。”他在心里向父亲发誓，自己一定不会辜负父亲的嘱托，做一个让父亲和族人骄傲的赞普。

赛玛噶的绿松石

清晨的微光，透过窗角照进屋内。松赞干布睁开惺忪睡眼，起身下床，走到窗边。逻些的阳光远没有雅砻之地那般柔和，无论天空多么晴朗，空气中总带着微微寒气，说不上是好是坏。

迁都逻些后，松赞干布虽不像母亲那般怀念雍布拉康，却也有些许思念，毕竟那是他从小生活的地方。住在雍布拉康时浑然不觉，真正离开后，故园的一切就变得越发清晰。松赞干布闭上双眼，仿佛还能闻到雅砻河谷淡淡的花香，看到随风摇摆的青草、成群而过的牛羊。

松赞干布将窗子轻掩，转身拿起外衣，仆人们早已守在门外，见赞普起床便进来侍候。作为一个首领，松赞干布给人的印象永远是处变不惊、一丝不苟，而私下里，他却有着十分细腻的情感，只不过他更善于隐藏罢了。

见仆人们进来，松赞干布赶忙收敛方才的愁绪，恢复了往日的沉稳与冷峻。

在纷争不断的雪域高原，狩猎的游戏每天都在上演，战争已然成了部族之间的常态，松赞干布手握军队的利刃，准备进一步拓宽吐蕃的疆域。然而，安抚苏毗之后，还没来得及做进一步谋划，妹妹赛玛噶的消息就传到了赞普的耳朵里，往日的隐忍再也克制不住愤怒的猛兽，他需要盟友，却也不能容忍自己的妹妹寄人篱下，整日过着提心吊胆的日子。

自赛玛噶远嫁象雄，松赞干布曾多次派使者前去象雄，一来可以与象雄互通消息，二来也可以了解赛玛噶的情况。赛玛噶是一个倔强而懂事的姑娘，她深知兄长的不易，更了解吐蕃的困境，所以多年来，对吐蕃使者一直是报喜不报忧。

松赞干布心里比任何人都清楚赛玛噶的尴尬处境，吐蕃与象雄之间的关系势必让象雄首领对赛玛噶有所防备，赛玛噶既无法得到信任，亦无法得到宠爱。

以往使者带回的总是好消息，这让松赞干布稍感欣慰，他自然愿意相信妹妹荣宠加身，尽享富贵，在遥远的象雄也能得到她生来就有的尊贵。只是生性谨慎的松赞干布总隐隐不安，或许是血脉牵连，或许是亲情感应，他总觉得妹妹赛玛噶对自己有所隐瞒。

松赞干布为军政大事、疆域问题所烦扰，疲惫早已成为常态，可是他仍旧时时牵挂妹妹的近况。如果可以，他愿跨过雪峰和草地，蹚过翻滚的江水和冰冷的湖泊，去看看自己的妹妹，哪怕就那么一瞬，只要确定妹妹一切安好，他便心满意足。但是，他不能为了一己之私抛下肩上的重任。

几番思量，松赞干布决定派出自己的亲信金赞芒穹前往象雄，探望赛玛噶。然而，使者这次出访，竟引发了吐蕃与象雄之间长达三年的战争。

吐蕃与象雄几番对峙、几番结盟，象雄甚至一度愿意臣服吐蕃。但是，人的野心永远无法估量，象雄首领亦是如此，他不甘居于人下，更不会因为吐蕃的震慑就垂青于对方赞普的妹妹。

早在赛玛噶远嫁象雄之前，象雄首领就已经迎娶了美丽的墟格妃。对于赛玛噶，象雄首领只是碍于她的身份，稍加礼待，却从未给予赛玛噶一丝宠爱。自小在高原长大的赞普妹妹，有着万人艳羡的尊贵和高傲的自尊，来到象雄却让她失去了一切。

象雄首领的冷漠、墟格妃的傲慢，深深地刺痛了赛玛噶的心。很多时候，她宁愿自己嫁给一个乡野村夫，哪怕平凡穷困，起码还有一个可以互诉心事的人。可是现在，陪伴她的只有空旷的宫殿和夜半的孤灯。

赛玛噶隐藏委屈，对吐蕃来使总是笑脸相迎，因为她不愿让自己的琐事烦扰兄长，更不希望自己与象雄首领的关系引起吐蕃与象雄的矛盾。然而，赛玛噶的隐忍和退让没能换来丈夫的体谅，象雄首领依旧冷落赛玛噶，丝毫不顾及她的感受。愁怨越积越深，终有一天化作决堤的洪水，倾泻而出。

金赞芒穹的队伍在高原的崇山峻岭中穿行，几经波折，终于来到象雄。在美丽的玛旁雍错湖畔，金赞芒穹终于见到了赛玛噶。

夕阳中残存的温度渐渐褪去，金赞芒穹远远地看见她独自一人坐在湖边青石上，低头不语。

金赞芒穹不禁怀疑，眼前这个失落的姑娘还是曾经美丽而开朗的赛玛噶吗？离开了吐蕃的土地，难道这朵格桑花真的要凋谢了吗？片刻迟疑之后，金赞芒穹走上前向赛玛噶施礼请安。

赛玛噶回身看到哥哥派来的使者，一时间眼睛温热。然而，倔强的她始终抬着头，没让泪水夺眶而出。

“赛玛噶，赞普非常担心您的近况，特地派我来象雄看望您，您有话可以告诉我，我会转达给赞普。”金赞芒穹说道。

赛玛噶自然明白使者的来意，尽可能平静地回道：“吐蕃一切都好？母亲和哥哥近况如何？”

“您放心，吐蕃一切都好，赞普和您的母亲也都安好。”金赞芒穹答道。

听到这些，赛玛噶展露出一丝笑意，她背对着金赞芒穹，看着湖面，将手中的银镯扔进湖中，激起层层涟漪，片刻之后，湖面又恢复了平静。

那枚银镯是初来象雄时，象雄首领送给她的新婚之礼，而此刻的赛玛噶对丈夫再没有丝毫留恋，象雄首领长久的冷漠早已化作一把冰冷的匕首插进了她的心。

赛玛噶不愿意再像现在这样毫无生气地活着，她怀念吐蕃青色的草场、成片的格桑，她更怀念自己策马奔驰时耳边呼啸而过的风。于是，赛玛噶做了一个决定，她要帮助兄长打败象雄，找回自己失去的自由和尊严。

直到太阳没入远方的群峰，赛玛噶才转过头，递给金赞芒穹一顶女人的帽子，帽子里包着一捧绿松石。

藏族人民把绿松石作为吉祥之物，坚硬的绿松石象征着男子的气概，赛玛噶将绿松石送给松赞干布，正是希望兄长可以骑着战马，身披铠甲前来解救自己。

金赞芒穹手中捧着公主给的松石，踏上了归途。

几天之后，这包绿松石被送到了松赞干布的手中，打开帽子的一刻，松赞干布的眼角流下了一滴晶莹的泪，他双手合拢，紧握着那包松石，心中已然开始谋划对象雄的战争。

华丽的亲征

一包绿松石，一顶女帽，这是赛玛噶写给哥哥的信，没有一言一词，却足以让松赞干布明白她的处境。

松赞干布漫无目的地走在宫殿后的花园里。一场秋雨过后，原本繁盛的草木开始枯黄，树叶盘旋而下，更添了几分凉意。松赞干布想起与赛玛噶在花园中嬉闹的情景，仿佛就在昨天，然而，岁月早已转过了几个春秋，妹妹曾经的笑颜早已不在。

松赞干布随手扯断了身边的树枝，泛黄的枝丫尽头是一片即将坠落的枯叶。曾经繁花满枝，如今却凄凄凉凉。这根枯枝不正像自己的妹妹赛玛噶一样？在冰冷的象雄宫殿内逐渐凋零，生机不再。

松赞干布压抑着心中的愧疚，回望妹妹远嫁后的岁月。

的确，吐蕃日渐强大，政权越加稳固。他感谢赛玛噶为自己、为家族、为吐蕃所做的牺牲，现在到他回报的时刻了。他无法容忍自己的妹妹就这样孤独终老，无人关怀；他更无法容忍强敌在侧，如悬在头上的利刃。

松赞干布走到案前，将自己绘制的雪域高原地图缓缓展开，高原的一切尽收眼底。让家族和吐蕃变得更强大，这是年轻的赞普追逐的唯一目标，那份雄心让他血液沸腾。

沿着雪峰弯弯曲曲的线条，松赞干布感觉自己仿佛触到了一个华美的梦，梦中他是这片土地最大的首领，不用小心谨慎、步步试探，更不用忍辱负重、依仗他人。他可以凭借自己的力量给吐蕃以繁盛，给部族以荣耀，给家人以庇护。伟大的人物，永远都不会缺少雄心壮志，一番谋划过后，松赞干布便将远征象雄一事提上日程。

以一己之力说服苏毗旧贵族放弃叛乱的尚囊刚刚归来，多日的奔波使他卧病在床。自松赞干布继任赞普以来，尚囊处处辅佐，虽然两人靠着利益的牵绊达成共识，但松赞干布仍感激于尚囊此刻的忠诚。

松赞干布来到尚囊的家中探望，言语之间尽是关切。他与尚囊的关系，已不是用简单的“主臣之谊”就可以形容的，多年的荣辱与共，使松赞干布对尚囊有一种依赖。

尚囊见到松赞干布，本想起身行礼，无奈身体不适。松赞干布见尚囊面容憔悴，轻声道：“尚囊不必行礼，多年来你着实辛苦，今天我来一是想看望一下你的病情，二是想和你商讨一下出征象雄之事。”

尚囊谢过赞普的关心。对于吐蕃他充满感激，当年娘氏部族受尽苏毗的压榨和欺辱，正是投奔了吐蕃才换来了今天的自由和尊贵。

尚囊说道：“谢谢赞普的体谅，我只是受了些风寒，过些时日就好了。关于出征象雄，我也早有耳闻，多年来我们一起平定内乱、征服苏毗旧部，赞普心里所思所想，我看得比任何人都明白。吐蕃的疆域在高原唯有象雄可以匹敌，倘若能征服象雄，吐蕃便可以成为高原的霸者。只是，我希望赞普要有十全的把握。”

松赞干布站起身来，走到尚囊的身边说：“这正是我想和你商讨的问题，这次我想亲自带兵去征讨象雄。从小父亲就给我讲述祖先们的赫赫战绩，让我明白一个强者只有经过战争的锤炼，才能稳固家园。”

尚囊见松赞干布如此，便知他心意已决，说道：“赞普想要亲征象雄，自然是好事，只是象雄疆域广阔，富庶非常，一旦出征必须做好充足的准备，攻破象雄绝非一朝一夕之事。”

松赞干布仔细听着尚囊的建议，原本冲动的心又恢复了理智，尚囊说得有理，这步棋落子无悔，只能向前。

从尚囊的居所出来，天已黑透，高原昼夜的温差，仿佛一天之间四季轮转。松赞干布没有上马，而是迈着缓慢的步子走在空荡的路上，侍从牵着马远远地跟在他身后，生怕打扰了赞普。

寒冷的夜晚，静谧的夜空，让纷繁的思绪开始沉淀，此刻的松赞干布需要的是缜密的部署和详尽的计划。凛冽的秋风划过他的脸，他抬头望着天上的繁星，不知远方的赛玛噶此时是否安睡，还是仍旧孤单地倚着湖畔的青石黯然发呆。

主仆二人一前一后，月光下被拉长的身影，仿佛一段剪不断的愁绪，绵延而去。

一个月后，松赞干布身着铠甲，走上城墙，城下是他亲自组建的万人大军，南征北战的锤炼造就了这支强军。在吐蕃子民的呐喊和欢呼中，松赞干布骑上战马，带着大军朝着象雄浩浩荡荡地出发。

初晨的太阳，目送着吐蕃大军的远行，金色的阳光洒满大地，添了一份庄严。这是一场关乎存亡和荣耀的大战，此时的松赞干布心中仿佛有一头怒吼的困兽，急待挣脱的一刻，焦灼而充满期待。

松赞干布率军前来攻打的消息，很快便传到了象雄首领的耳朵里，让他一时慌了阵脚。论实力，象雄与吐蕃原本不相上下，但多年来，吐蕃吞并周边的部族，实力不断积蓄，现在攻打象雄必然是有了万全的把握。

面对强大的敌人，象雄首领想起了自己手中唯一的筹码——赛玛噶，他命人囚禁了赛玛噶。这位从未得到丈夫半点宠爱的女子，危急关头却成了一枚棋子，赛玛噶心中的怨恨可想而知。

象雄首领派出使者，企图要挟松赞干布。

使者来到吐蕃大军帐前，在侍从的带领下，见到了松赞干布。松赞干布穿着一身黑衣，背对使者，高大的身影透着威严。

使者深吸一口气，开口说明来意："吐蕃与象雄素来交好，今日吐蕃大军压境，我主十分困惑。"

松赞干布转过身，盯着象雄的使者，犀利的眼神中透着杀气，让人不敢对视。使者避开松赞干布的眼神，低下头等着他的回答。

"象雄以往与吐蕃关系甚密，所以我才将自己至亲的妹妹嫁与象雄首领，谁知赛玛噶在象雄受尽冷落。吐蕃与象雄的边境更是纷争不断，多年来象雄倚仗强力侵扰吐蕃边境，侵占了多少吐蕃的草场和村落，如今吐蕃已然强大，绝不会再受制于人。”松赞干布愤恨地盯着来使。

使者见此情形，非但没有收敛，反而说：“象雄从不惧怕吐蕃，我主让我转告赞普，如果吐蕃大军胆敢踏入象雄一步，便杀了赛玛噶。”

使者的话语彻底激怒了松赞干布，一种无以名状的屈辱和愤恨充斥了他的内心。他抽出手中的长剑，向使者刺去，象雄使者还未来得及反应，便倒在了一片血泊之中。

赞普的傲气让松赞干布从不畏惧任何人，更不会被他人牵制，象雄首领戳着他的软肋企图让他屈服，却没能得逞。松赞干布舍不得赛玛噶，但是他更不愿意看着妹妹继续这样屈辱地活着，如今的他只有奋力一搏。

他调集吐蕃所有军队，连夜行进来到象雄边境。先锋部队在他的带领下，突破了象雄边境的防守，想要继续深入却困难重重。象雄军队的战斗力远远超出了松赞干布的预计，起初以为胜券在握的一仗，变成了一场拉锯战。

象雄首领命令各地将领据城死守，不给吐蕃任何可乘之机，并在军中宣扬，凡斩杀一名吐蕃士兵便赐一头羊，斩杀将军者赐百匹骏马、官升三级，斩杀松赞干布者可封大相。

象雄上下开始团结起来，原本松散的城池变成了一座坚固的堡垒，吐蕃大军连连受挫。然而，对于松赞干布，无论这场战争结果如何，他绝不会中途放弃。

战火蔓延了三年之久，象雄境内遍地狼藉，城池逐渐沦陷，民心开始涣散。唐贞观十九年（645年），象雄都城被破。

繁盛一时的象雄被吐蕃彻底征服，一场持续了三年的战争随之结束，吐蕃的疆域扩至克什米尔东部。这是吐蕃历史上最华丽的一次远征，也是松赞干布即位以来最辉煌的战绩。父辈的血液在这个少年的身上流淌，与生俱来的强者之风让松赞干布站在了人生之巅。

遣使赴泥婆罗求亲

连绵的雪峰间耸立着一座宫殿，朱红的墙体、鎏金的屋顶构筑了高原上最美的建筑，也凝结成一段文明融合的记忆。千百年的历史流转，宫殿或许褪去了最初的艳丽，却也镌刻了历史的痕迹。

今天，拉萨红山上常常挤满了叩拜的人，虔诚的佛教徒从四面八方聚集而来，只是为了心中纯粹而神圣的信仰。他们的目的地便是这里——拉萨的红宫。

红宫的建造源于泥婆罗（今尼泊尔）美丽的尺尊公主。

史料中关于尺尊公主的记载十分有限，但在藏族人民心中，尺尊公主仍旧是万民敬仰的赞普妃，她的事迹在口耳相传中增添了几分神秘。相传，很久之前观音菩萨经过吐蕃，深感世间疾苦，便流下两滴泪水，这两滴眼泪最终化为度母，来到了吐蕃普度万民。其中一位白度母是尺尊公主，另一位绿度母则是文成公主。这类民间故事让历史平添了几分动人的美。

回到千年前，征服象雄的松赞干布继续开疆辟土。对于松赞干布来讲，唯有辽阔的疆土才足以容下自己的雄心，他踱步在逻些城内，思考着下一步的计划。

高耸的喜马拉雅山，坐落于吐蕃的南方，这座天然屏障成了疆域的界碑，山之南则是气候温热的泥婆罗。这一次，他不愿用武力去征服，而是伸出了橄榄枝，希望与泥婆罗交好。

一个穷兵黩武的首领，能开疆拓土，却不见得家园永固。人民的安宁才是政权的根基，精通史略的松赞干布之所以能成为一位万民敬仰的赞普，正是因为他懂得取舍得失之道。

逻些城内一片热闹，幢幢房屋像杜鹃花一样铺满山坡，曾经荒凉的逻些城，在他的经营下早已成为吐蕃最繁华的所在。松赞干布看着眼前的一切，嘴角不禁上扬，他看见了子民脸上洋溢的幸福，看见了成捆的羊皮和精美的牛角，吐蕃的富足让他感到安慰。

原本的征战计划，此刻仿佛变得不合时宜。的确，战争为吐蕃带来了疆土和人民，却也消耗着吐蕃的实力。松赞干布想，是时候放下长剑，还吐蕃一个休养生息的机会了。

山南那边的异域文明时时吸引着他，思量再三，他派出了使者禄东赞，越过雪峰，来到泥婆罗，求娶美丽的尺尊公主。与友邻交好的期望和探索异域文明的渴望催促着使者前行的脚步，在寒冷的冬季，他们踏着厚厚的积雪，顶着呼啸的寒风，走上了第一次求亲之路。

由于接近天竺（今印度），泥婆罗深受印度教与佛教的影响，几乎人人都是虔诚的教徒。

泥婆罗曾经的国王希瓦·德瓦一世笃信佛教，整日沉浸于佛教典籍中潜心修行，以至于最后放弃王位，遁入佛门。由于宰相阿穆苏·瓦尔玛一直帮助国王处理朝政，因此在希瓦·德瓦一世放弃王位后，众人便拥立阿穆苏·瓦尔玛为国王。阿穆苏·瓦尔玛的女儿拥有人人艳羡的美貌和才华，泥婆罗人将这位公主视为神的化身，认为是她使泥婆罗得到了神的庇佑，便尊称她为尺尊公主。

得知吐蕃前来求亲，阿穆苏·瓦尔玛坐立不安。他将女儿视为掌上明珠，百般疼爱。尽管他明白联姻是每个王族必然会面临的问题，但是对女儿的不舍最终还是战胜了政治上的理性，他决定为了女儿与强大的吐蕃抗衡一次。

跋涉而来的吐蕃使者并未受到应有的礼待，泥婆罗国王没有亲自接见风尘仆仆的客人，只是派出了一位大臣代自己迎接。睿智的禄东赞很快便洞悉了国王的态度，他隐藏起自己的不满和愤怒，再次请求面见国王。

尽管泥婆罗靠着喜马拉雅山脉这座天然屏障没有受到战火牵连，但是吐蕃的强大，阿穆苏·瓦尔玛早已耳闻，思虑再三，他最终还是在自己的宫殿中接见了吐蕃使者。

禄东赞献上了五枚金币和一个镶满宝石的琉璃宝盔，然而，阿穆苏·瓦尔玛并没有把这些放在眼里，他心里正盘算如何将这些使者打发走，让尺尊公主不必嫁去遥远寒冷的吐蕃。

阿穆苏·瓦尔玛吩咐仆人为禄东赞斟满美酒，漫不经心地说道："尺尊公主自小生活在泥婆罗，此处与吐蕃全然不同，对于吐蕃她所知甚少，嫁去吐蕃恐怕难以适应。泥婆罗虽然疆域不大，却也物产丰富，我愿意为赞普献上珍宝，只是联姻之事，还是谨慎为好。"

阿穆苏·瓦尔玛的一席话，表面客气，语气却强硬。禄东赞起身行礼，将赞普的话一五一十传达给了阿穆苏·瓦尔玛，表明了联姻的态度。阿穆苏·瓦尔玛也不甘示弱，问道：

"我素闻吐蕃之地荒芜，不知有没有十善法，有没有庙宇，有没有五种妙欲受用？"

禄东赞听罢，拿出了临行前赞普给他的三个锦囊，交予阿穆苏·瓦尔玛，说道："国王所要的答案，全在锦囊之中。"

阿穆苏·瓦尔玛接过锦囊，解开缠绕的金线，便看见了三封信，信中一一回答了他的问题。有趣的是，每封信的结尾都写着同样一段话，大意即瓦尔玛国王不同意求亲，吐蕃五万铁骑将踏平泥婆罗。

阿穆苏·瓦尔玛拿着信的手开始颤抖，他深知这个吐蕃赞普对此事势在必得，无谓的反抗只会给泥婆罗带来灭顶之灾。他无奈地摇摇头，将锦囊交还禄东赞，默许了这场联姻。

而身处逻些的松赞干布，此刻正等待着公主的到来，他将为吐蕃的子民迎来第一位度母，她带来的佛光将照在吐蕃的大地上。

尺尊公主的待遇

阿穆苏·瓦尔玛答应了松赞干布的求亲，命运使然也好，无可奈何也罢，终究木已成舟。他只能在心中默默祈祷这是一场美好的姻缘，希望女儿如同风中的蒲草种子，在他乡落地生根。

尺尊公主并不知道即将发生的事情，她正坐在窗边摆弄着手中的纸蝴蝶，蝴蝶上弯曲的线条、七彩的颜色深深地吸引着这个不谙世事的姑娘，在她的眼中，世界上的一切都那么新奇。

远处传来一阵仓促的脚步声，尺尊公主探身望去，看见父亲正朝自己的房间走来，她立即迎了上去："父王，您回来了，今天的政事顺利吗？"

阿穆苏·瓦尔玛看了一眼女儿，又无奈地低下头，他的泪光在闪烁，他的内心在滴血。

尺尊公主见父亲没有回答，便接着问："听说您接见了吐蕃使者，吐蕃离我们远吗？吐蕃人究竟长什么样子？他们有没有带来新奇的东西？"

一连串的问题让阿穆苏·瓦尔玛无言以对，他不知如何开口去回答女儿的问题，更不知如何告诉女儿联姻的消息。然而事已至此，他别无选择。

阿穆苏·瓦尔玛抚摸着尺尊公主的额头，说道："女儿，吐蕃使者这次来泥婆罗是为了求亲，倘若我不答应，吐蕃赞普将会带着大军踏平泥婆罗，为了泥婆罗的子民，我只能同意把你嫁给吐蕃赞普。"

说完这些，阿穆苏·瓦尔玛早已泪流满面。

尺尊公主为父亲拭去泪水："父王，不用担心，如果我的出嫁可以让泥婆罗子民免受战火侵扰，我愿意嫁到吐蕃。"

花园中的草木早已枯黄，零星落叶散落阶前，尺尊公主摘下床边的风铃放在行囊之中，此刻，她心中平静如水。既然改变不了远嫁的命运，不如接受上天的安排，或许这将是一场梦幻的旅程，而旅程的尽头也许是一段美满的爱恋和万民的爱戴。

阿穆苏·瓦尔玛为心爱的女儿准备了丰厚的嫁妆，镶嵌着宝石的法轮、通体透亮的琉璃钵、纹饰雕刻的金银器，等等，数不胜数。为了让女儿风光大嫁，阿穆苏·瓦尔玛更是把国宝“释迦牟尼八岁等身像”作为陪嫁。他相信，佛光会照亮女儿前行的路，保佑她在遥远的吐蕃平安喜乐。

浩浩荡荡的送亲队伍，从泥婆罗出发去向吐蕃，松赞干布精心挑选的武士护送着未来的赞普妃，开始了归家的旅途。

逻些城内早已一片沸腾，人们骄傲于赞普的威严和吐蕃的强盛，更渴望一睹这位泥婆罗公主的容颜。

松赞干布和子民一样也沉浸在喜悦之中，许久以来，他靠着吐蕃大军所向披靡，但战争的阴霾始终笼罩着这片高原，而此刻他终于放下了手中沉重的武器，与邻为好。他期盼着美丽新娘的到来，更期盼这场跨越群山的姻缘可以为吐蕃注入新的生机。

一个月的跋涉，尺尊公主终于来到了逻些城，松赞干布带着吐蕃群臣赶来城外迎接，公主身着泥婆罗嫁衣，头戴精美头饰，在阳光的映衬下越发动人。松赞干布骑着骏马来到公主的马车前，两人四目相对，良久无言。

此时，松赞干布内心早已无法用言语形容，公主的美丽与优雅让他动容，少年的情愫在一刹那涌上心头。如果时间可以倒流，他愿亲自前往泥婆罗请求国王将公主嫁给自己。

松赞干布将尺尊公主扶上马车，牵着马缓缓走回城中，在众人艳羡的目光中，一对新人回到了逻些的宫殿。

熹微的光线打在暗红的案几上，天已逐渐大亮。尺尊公主睁开眼睛，起身走到窗前，环顾着眼前的一切。

赞普为了迎接尺尊公主的到来，早已命人悉心布置了房间，崭新的家具、柔软的床榻、散发着阵阵香气的杜鹃……都可见赞普的用心。可是身处异乡的尺尊公主面对别样的居所和装饰，心中不禁怀念起家乡。

细心的松赞干布很快察觉了尺尊公主的思乡之情。闷闷不乐的公主让他想起了自己的妹妹赛玛噶，他不愿自己心爱的人经历离乡的痛楚，更不愿意这株来自异域的优昙婆罗在吐蕃凋谢。于是，松赞干布仿照泥婆罗的建筑，为尺尊公主建造了一座宫殿，以缓解公主的乡愁。

为此，松赞干布特地从泥婆罗请来多位工匠着手建造宫殿。为了突出宫殿的宏伟，松赞干布亲自挑选了坚固的花岗石作为墙体，经过工匠们四百个日夜的悉心建造，吐蕃这座伟大的建筑终于得以竣工。

外挑的飞檐、翘起的屋角、鎏金的砖瓦无一不昭示着宫殿的雄伟和主人的尊贵。宫殿内廊道交错、殿堂杂陈，就连大殿的石柱上都纹饰着精美的佛教图案，宝瓶、摩羯鱼、金翅乌点缀其中。

看到这座宫殿的第一眼，尺尊公主感觉如梦如幻，宫殿绚烂的颜色、华美的纹饰，让她一时之间无法相信眼前的一切。她抚摸着墙壁的纹饰，一幅幅佛教经典壁画仿佛牵引着她走向佛堂的深处，任由她静思佛法的奇妙。

松赞干布看着尺尊公主脸上绽开的笑容，终于放下心来。

或许，没有人可以理解此刻他内心的喜悦。当年那个背负着杀父仇恨和兴邦重责的少年，即使经历了人生百态，内心也有柔软的一面。松赞干布不再像以往一样，把所有的精力都放在扩张领土、稳固权力上，他慢慢学会了关心身边的一切，感悟世间的人情冷暖，褪去少年的青涩，变得越来越谦和、仁爱。

这座象征着文化交融的宫殿，尽管期间几经破坏、重建，仍旧保留着最初的真意，吸引着四方的叩拜。

第五章

雄心冰冷：以魄力持守权力格局

父亲的被害对松赞干布来说，是一个血的教训，他绝不允许悲剧重演。以娘·尚囊为代表的新贵和以琼波·邦色为代表的老臣逐渐形成权力制衡，背后未必没有松赞干布的推波助澜。

权力的天平

平衡是政治的艺术，政权的大厦构筑在均衡的权力分配上。这个道理不管是对中原王朝还是少数民族政权来讲，都永恒不变。

父亲的遇害，使松赞干布切身体会到权力失衡的可怕。当他无数次面对群臣，心中总会隐隐不安。那些表面顺从却各怀心事的家臣，让松赞干布心力交瘁，他生怕自己一时疏忽便失掉手中权力。年轻的赞普时刻小心，步步为营，精心调控着政治的砝码，不让政治的天平发生半点倾斜。

娘·尚囊和琼波·邦色是吐蕃两股最大的势力，前者是吐蕃新贵族的代表，后者是旧贵族的代表。

吐蕃的旧贵族主要来自藏蕃的贵族，他们的历史如同吐蕃一样久远，与赞普家族有错综复杂的亲缘关系，地位尊贵，门第显赫，十分富庶。

这些吐蕃古老的部族，世代居住在泽当地区，拥有的土地和财富无人能敌。最可怕的是，这些贵族拥有军权，可以组建军队。这个从吐蕃政权建立初期便遗留下来的制度，像一块顽疾，生长于吐蕃的政体中，在松赞干布大力推进军事改革之前，这对于悉勃野家族的权位来讲始终是个致命弱点。

琼波·邦色家族的崛起，要追溯到南日伦赞时期。

为了开拓疆土，南日伦赞曾经攻打苏毗。南日伦赞带领军队猛烈攻击苏毗的都城，琼波·邦色则从苏毗东部开始进攻，并杀死了苏毗大将马尔门。东部的陷落加速了苏毗的灭亡，最终南日伦赞攻陷苏毗都城，琼波·邦色的功劳由此载入吐蕃史册。

凭借贵族身份和赫赫战功，琼波·邦色在吐蕃群臣中拥有很高地位，态度也变得十分傲慢，无论是老赞普在世，还是新赞普即位，他的傲慢毫无减退。

娘氏部族的娘·尚囊在南日伦赞时期受到重用，成为吐蕃大相。此后的岁月，尚囊尽心辅佐吐蕃政权，成了朝中最有威信的大臣。年幼的松赞干布在尚囊的支持下，平定内乱，降服苏毗。随着尚囊的步步高升，娘氏部族的地位逐步提高，成了吐蕃最具实力的部族之一。尚囊的雄辩之才和卓越战功，更是增加了娘氏部族手中的权力筹码。

利益的纠葛让新旧贵族两大阵营之间矛盾丛生。一方面，新贵族的得宠让旧贵族充满嫉妒，另一方面，旧贵族固有的利益又让新贵族垂涎。当零星的不满与争执变为无法调和的矛盾时，娘·尚囊与琼波·邦色便开始正面交锋。

此时的吐蕃正面临着对唐的第一次战争，主战与主和的对立立场让娘·尚囊与琼波·邦色的斗争炽热化。琼波·邦色骄傲地立于大殿之上，喋喋不休地讲述着对唐发动战争的种种益处以及大唐边州防守的薄弱。表面上，琼波·邦色缜密的分析没有丝毫破绽，言辞之间尽是吐蕃的扩张蓝图，实则背后却是一颗膨胀的野心。

群臣不语，心中却都明白琼波·邦色的心思。

琼波·邦色的领地地处吐蕃东境，战争若胜，最直接的获益者便是他，他不仅可以吞并大片边疆土地，还可趁机扩充军事力量。坐拥吐蕃西边领地的尚囊，战争于他毫无利益可言。他还没有愚蠢到为别人做嫁衣，因此，尚囊主和。

松赞干布自然明白琼波·邦色心中的算盘，也明白尚囊心中的顾虑，但他现在只想通过一场酣畅淋漓的大战实现自己的梦想，更希望借助琼波·邦色之手向远方的敌人施加压力。

权力场上没有永恒的敌人，亦没有永恒的朋友，有的只是利益。共同的利益，让松赞干布在两者之间选择了主战派。

有了赞普的支持，琼波·邦色不再甘于寂寞，再次登上历史舞台，展现权谋之术。

一场权力的争斗即将上演。

松赞干布冷静地分析着眼前的形势。冥冥之中，他仿佛木偶牵线人，利用手中的权力分别操纵着两方势力。然而，身处权力旋涡的他，不得不时刻保持警醒，以免让双方争斗的战火波及政权的稳固。

这是一场政治的艺术，亦是一场权力的制衡，在历史的舞台上，他们像戴着镣铐的舞者，在权力的层层束缚中，小心翼翼、如履薄冰，试图舞出最精彩的舞步。

权臣的离间计

建立在利益共生基础上的关系，随着利益消长，时而牢固，时而脆弱。

面对两大势力的较量，松赞干布最初采取放任态度，他或许不知道中原王朝的“无为而治”，却懂得欲擒故纵的道理。

此时的松赞干布早已懂得如何稳住对手，无论内心有多少冲动和谋算，表面上他都能平静得如同夜晚的湖面。赞普应有的沉着与气魄在松赞干布的身上得到了完美展示。

他小心翼翼地分配手中的权力，适时借助一方压制另一方，本以为一切尽在掌握的事却逐渐偏离了轨道。

自从以一己之力安抚苏毗之后，尚囊自恃功高，常常公然顶撞赞普。面对尚囊的无礼，松赞干布往往强压怒火，却不见尚囊有所收敛。

功高震主且不知约束，对一个权臣来讲无疑是最致命的。

汉朝开国功臣韩信便是明证。韩信曾与刘邦并肩而战，战功赫赫。刘邦称帝后，韩信却忘了君臣有别。战时的生死共命，此时却再也容不得半分僭越。大汉王权愈加稳固，王朝纲纪也愈加分明，韩信却仍旧我行我素，一次又一次顶撞甚至忤逆。最终，在刘邦的授意下，韩信被擒后赐死，这位汉初名将如辰星一般悄然陨落。

被缚之际，他悲愤至极，感慨道：“果若人言，‘狡兔死，良狗烹；高鸟尽，良弓藏；敌国破，谋臣亡’，天下已定，我固当烹！”英雄末路的悲凉固然可叹，其中的人情世故却并非只言片语可以说清。倘若韩信学会谦让，不伐己功，不矜其能，偌大的汉家王朝必然有他一席之地。然而，赫赫战功如同一把锋利的匕首，既能为自己带来荣耀与庇护，也可能惹来杀身之祸。

同样的故事，此时正在吐蕃上演。

被眼前利益蒙蔽的尚囊，自称吐蕃第一功臣，直接威胁着松赞干布的统治。郁结多时的两方矛盾，犹如滚滚岩浆，随时可能喷射而出。

尚囊来到大殿中央，却不肯向松赞干布施礼。

二人静静地对视，尚囊忽然说道："我追随赞普征战几载，立下无数战功，而今吐蕃早已太平，战士们士气耗尽，赞普攻打大唐几乎没有胜算，为何要铤而走险？希望赞普不要相信小人所言，贸然出兵。"

没等松赞干布开口，一旁的琼波·邦色早已按捺不住，他站出来指着尚囊，痛斥尚囊的懦弱自保："吐蕃的疆域是无限的，尚囊大人不过是畏战罢了，如此胆小懦弱，怎么担任吐蕃的大相！"

一贯自视尊贵的尚囊无法容忍琼波·邦色的羞辱，他向松赞干布要求责罚琼波·邦色。

此时，松赞干布却自有盘算，对大唐的战争势在必行。他知道自己无暇顾及太多，尽管此时的沉默可能激起尚囊的不满，但是他依旧没有理会，而是继续自己的战争部署。

尚囊的愤怒终于爆发，他甩开衣袖，在众人惊愕的唏嘘和松赞干布的漠然中大步离开。

傲慢引起疏离，疏离导致失信。松赞干布越来越不信任尚囊，尚囊对松赞干布也充满猜忌。而琼波·邦色的挑拨也影响到了主臣之间的关系，尚囊与松赞干布之间的矛盾犹如一场化学反应，慢慢发酵。此后，尚囊常常借口身体不适缺席议事，甚至松赞干布派人去请，都被拒绝。他试图通过这样的方式展现吐蕃大相的地位，来达到与松赞干布抗衡的目的。

为了掌握赞普的动向，尚囊悄悄买通了松赞干布身边的侍从，却不料事情败露。松赞干布怒火中烧，他可以容忍一个权臣的傲慢，却无法容忍被别人监视。

他举起长剑，砍下了侍从的头颅，愤怒却没有消退半分。剑身上的血一滴一滴落在大殿上，寂静中，滴血声极为刺耳。

对尚囊，松赞干布不再有任何感激和敬重，琼波·邦色看准时机，声称尚囊密谋造反。人言可畏，三人成虎，何况二人还心有芥蒂。

事关吐蕃稳定，谨慎的松赞干布选择了“宁可信其有，不可信其无”。也许在某个时刻，他怀疑过琼波·邦色的话，也许某一瞬间，他想给尚囊一次辩驳的机会。然而，这个念头仅仅一闪而过，很快便被理智代替。

多年的经略，他不愿让吐蕃再承担一丝风险，这一次，松赞干布决定主动出击。琼波·邦色的进言成了压倒骆驼的最后一根稻草，诛杀尚囊的决定在年轻的赞普心里悄悄定下。

天还未亮，赞普的军队就已经悄悄地包围了都瓦堡寨，静待尚囊的出现。周围一片寂静，仿佛能听见士兵的呼吸。床榻上的尚囊尚不知府邸之外发生的一切，他如往常一样，起床、梳洗、整理衣冠、准备去宫殿议事。

历史有太多相似的故事，也有太多相似的结局，总在时间里轮回上演。

命运的指针指向这位吐蕃大相，挑衅赞普权力成了葬送他的利器。

下人牵来了骏马，马蹄踢踏的声音，让埋伏的士兵警醒起来。大门缓缓打开，尚囊身着华服骑马而来。

前一秒，笑容还僵在脸上，后一秒，弓箭就射穿了他的心脏。一切发生得太快，尚囊的胸口中箭，血液顺着那身精美的衣裳流淌。箭的冲击使尚囊的身体从马背上重重落下，他的眼睛死死瞪着远方，里面满是惊愕与不甘，他的嘴唇微微抽动，像在诉说什么却没有半点声音。

射杀尚囊的是他的家臣泽布金。

趋利避害是生物的本能，这位曾经忠心耿耿的家臣在权力面前最终还是选择了背叛，他赶在所有人前面射杀了尚囊，只为在赞普那里分得一份头赏，想必世界上最深的湖水都不及深不可测的人心。

吐蕃最大的权臣犹如流星一样陨落，连同他的野心和权术也一起归于尘土，失去了生命的载体，曾经的辉煌与显贵在此刻也变得毫无意义。

远处的松赞干布静静地看着这一幕，心中五味杂陈，尚囊最后的话语，他无从知晓，然而那双眼睛中的怨恨，却让他一生都无法忘却。

没有了尚囊的阻挠，松赞干布开疆辟土的计划得以顺利推进。他冷静地处理了都瓦堡寨，熟悉历史的松赞干布自然不会留给敌人任何反扑的机会，更不会为自己埋下祸根。

消失的都瓦堡寨

站在权力巅峰，可能是从政者无法割舍的欲望。他们工于谋略，步步为营，搭建着权力的宝塔，然而稍有不慎，便顷刻之间沦为瓦砾。都瓦堡寨，这个象征着家族荣耀的官寨，随着尚囊的落败，消失在茫茫雪域之中。

此时的松赞干布不再有一丝心软与犹豫，为了政权坚固，为了震慑下臣，他不得不给予尚囊及其家族最严苛的惩罚。

在吐蕃，贵族的寨子不仅是他们世代居住的场所，更是地位的象征。松赞干布下令铲平都瓦堡寨便相当于彻底削去了娘氏的贵族地位，尚囊的子孙不再拥有世袭权力，而是成了普通平民。

尚囊的家臣和族人被驱逐出了都瓦堡寨，士兵的呵斥声、族人的哭声，充斥着周围的街道，尚囊生前的一切犹如一棵瞬间倾倒的大树，树倒了，一切便随风散去。

士兵将粗重的绳索绑在殿堂的石柱上，绳索的另一端连着八匹骏马，鞭子在空中划出完美的弧线，马儿立刻朝着前方奋力奔跑，伴随着一声巨响，身后的房屋轰然倒塌，瞬间变成了一片废石瓦砾。

远处的巨响不时传入赞普的宫殿，他一言不发地盯着案上的地图。年轻的赞普从未怀疑过自己此刻的决定，但是不知为何，心中还是隐隐作痛。举起一旁的酒杯，松赞干布一饮而尽，香甜的青稞酒此刻也变得苦涩。强者的隐忍让他止住了眼中打旋的泪水，尽管此时的他早已被悲痛和疲惫吞噬。

子民们围着都瓦堡寨看了整整一天，房屋一座一座被拆毁，砖瓦之中那亮晃晃的碎片与雕琢精美的石柱，都在昭示着房屋主人生前的尊贵。

松赞干布命人悄悄厚葬了尚囊，他既需要让大臣们看到僭越权力的下场，又不忍尚囊萧索下葬，这已是赞普最后的恩赐。

面对着消失的都瓦堡寨，大臣们个个心有余悸，这座曾经象征着权贵与地位的府邸，如今辉煌不再。松赞干布再一次向他们证明了自己的强硬和铁血，如剑锋般冰冷的眼神，射进了群臣的心底，他要告诉所有人，赞普的权力不允许任何人僭越，哪怕是有功之臣。

然而，这是真的松赞干布吗？下令诛杀一个跟随自己征战多年、四处平乱的臣子，真的不会触及这个强大男人的内心吗？

答案，自然是否定的。

夜风吹过，松赞干布静坐在殿中，空荡的大殿内只剩他一个人。烛光映照在他脸上，明暗之间，显得轮廓分明。

紧锁的眉头，出卖了松赞干布的内心，他试图在两大贵族的权力制衡中维持政权稳固的愿望，看来是彻底落空了。人心的贪婪与难测，总是在不经意间跳出来给他一记响亮的耳光，提醒自己的存在。

此刻，松赞干布有说不出的疲惫，仿佛连呼吸的力气都没有了，有那么一瞬间，他甚至觉得也许此刻不再有心跳，不再感受得到那一呼一吸间的律动，他便可以获得真正的自由和解脱。

曾经的他，不是吐蕃赞普，只是一个父亲被害、腹背受敌的孩子；曾经的他，不是吐蕃大相，只是一个临危受命、辅佐新主的家臣。

无数次，松赞干布想起深夜陪伴在自己身边讨论政事、出谋划策的尚囊，这个可以称作朋友的人在他最无助的岁月里，给了他最多的支持。然而，松赞干布最痛心的是，有人可以共患难，却无法同富贵。当他平定苏毗，征服象雄，稳定政权之后，他身居高位，却不再安于本分。权力让人变得盲目，也让曾经彼此扶持的二人渐行渐远。

松赞干布把弄着手中的松石珠串，摸索着松石的棱角，却发现颗颗都已圆滑。原来，松石会变，人亦会变，没有人可以掌控世间万象，更没有人可以掌控爱恨憎恶，冥冥之中一切都自有定数。

静谧的夜晚放大了白日的忧愁，习惯了在众人面前伪装自己的松赞干布，终卸下沉重的面具，眺望着都瓦堡寨的方向，那里一片黑暗，繁华已成废墟。松赞干布拭去眼角的泪水，深深地闭上眼睛，仿佛在进行一场无言的告别。

松赞干布相信在遥远的天国，他们终会重逢，那时他还是那个处处依赖他人的孩子，他仍旧是那个处处辅佐自己的挚友。可惜这一切也许只是一个遥不可及的美梦，梦醒了，松赞干布还需要面对现实，继续自己在权力场中的奔走厮杀。

继任大相之死

琼波·邦色端坐堂中，手中拿着一把精美的短刀，锋利的刀身映衬着他的脸，脸上的笑容有种说不出的神秘。此时的他正陶醉于这场华丽的权力之争，在这场没有硝烟的战争中，他不费一兵一卒，只是利用赞普和尚囊之间的嫌隙便打败了敌人。

尚囊退出了历史舞台，这对琼波·邦色无疑是一个天大的喜讯，吐蕃唯一一个可以与自己抗衡的臣子消失了，他可以理所当然地成为朝中第一权臣。

琼波·邦色对权力的渴望逐渐膨胀，远处的相位犹如一枚发光的宝石，仿佛近在咫尺，吸引他一步步靠近……

琼波·邦色沉醉于美梦中，自以为一切尽在掌握，却不料终究未能如愿。被权力冲昏头脑的琼波·邦色似乎忘了他所面对的不是一个头脑简单的傀儡，而是一位思虑周全的赞普。

尚囊之事让松赞干布不得不警醒朝中过于集中的权力，多年来，他凡事都倚仗尚囊，尽管尚囊的足智多谋为吐蕃如今的繁盛助益良多，却也无形中给松赞干布的赞普之位上了一道枷锁。

日积月累的权力和财富，让一位大相失去了本有的睿智，变得越来越贪婪。每每想起这些，松赞干布都不由心痛，这次他决定不再重用权臣，而是选择中庸之道，任用出身贵族、根基未稳的噶尔·芒相松囊。

赞普很快下达了旨意，琼波·邦色得意地等待着出任相位，却不料重重地摔了一跤，噶尔·芒相松囊在众人诧异的目光中成了吐蕃的新一任大相。

在吐蕃的众臣中，松赞干布与噶尔·芒相松囊较为亲近，内敛的噶尔·芒相松囊不仅进退和宜，而且由于年纪相仿，他与松赞干布之间有很多共同话题。两人时常一起打猎、骑马，久而久之，赞普对他也越来越信任。

在尚囊被诛，群臣对大相之位虎视眈眈之时，松赞干布第一个便想到了噶尔·芒相松囊。年轻的赞普希望通过提拔噶尔·芒相松囊来扶持自己的势力，打破原有的权力格局。

在松赞干布的支持下，噶尔·芒相松囊顺利登上了吐蕃大相之位。然而，暴风雨前的平静永远只是短暂的一瞬，大臣们表面上和颜悦色，内地里早已嫉妒得发狂。

人们常说嫉妒是一头猛兽，总会让人丧失理智。一个年轻的贵族，没有过人智谋，没有卓越功绩，却身居要职，必然引来嫉恨与刁难。松赞干布并没有意识到自己的决定早已将噶尔·芒相松囊推向了危险的边缘，使他身后出现了步步紧逼的群狼。

唐蕃边境的战争还在继续，军队失利的消息频频传入赞普的宫殿，他焦灼地踱步，却始终一筹莫展。自从战火点燃，原本信心十足的松赞干布却频频受挫，他渐渐地对战争的决心产生动摇，甚至开始怀疑自己是否需要停止对大唐边境的进攻，谋得地方的安宁。

狡猾的琼波·邦色不失时机地进言，诉说着大唐边防的松懈以及吐蕃军队的勇猛，言辞之间却将这场战争的不力全部归咎于噶尔·芒相松囊的无能。

其他势力附和着琼波·邦色，将矛头也对准了噶尔·芒相松囊。

此时的噶尔·芒相松囊面临着极其严峻的形势：内则派系林立，争斗不断，就连之前的尚囊都疲于应对，更何况是尚未站稳脚跟的自己；外则常年争战，士兵厌战，为了保存实力，反对战争的贵族也越来越多。

噶尔·芒相松囊努力清除各种障碍，艰难地承担大相之责，却明显感到力不从心。群臣的鼓动、战争的失利让松赞干布的判断出现偏差，他开始怀疑噶尔·芒相松囊的能力，对他的不满也在逐步累积。

前线战败的消息又一次传来，盛怒的松赞干布召见了噶尔·芒相松囊，年轻的赞普眼中满是怒火，他直直地盯着眼前亲自挑选的大相，表达着自己的不满。

面对愤怒的赞普，噶尔·芒相松囊一时语塞。

对赞普的责问，他不愿辩解，更不愿承认自己的失败。失落的噶尔·芒相松囊仿佛听不见任何声音，失神之间，他只能感觉到赞普的嘴一张一合。

自从继任大相以来，噶尔·芒相松囊事事亲力亲为，对赞普忠心耿耿。然而，大相之职不是单纯拥有勤勉与忠心便能担当，此时，他早已疲惫。

辞别了赞普，噶尔·芒相松囊黯然地向城门走去。这一路，他走得无比沉重，仿佛一座巨大的山峰压在身上，每一步都用尽了全身的力气。

松赞干布还在为战事烦忧，却没有注意到噶尔·芒相松囊的异常，夜已过半，他终于放下手中的政事，回到床榻之上，却是一夜无眠。

天亮了，松赞干布却收到噶尔·芒相松囊在家中自杀身亡的消息。

松赞干布的脑中一片空白，他未曾想到自己一时的愤怒便葬送了一位股肱之臣，他也未曾想到多年的交往，他留给噶尔·芒相松囊的最后一次交谈却是无情的斥责。

历史是一场残酷的游戏，在权力争斗异常激烈的吐蕃，这场游戏需要的是精深的谋略和顽强的内心，噶尔·芒相松囊显然过于稚嫩。

炙手可热的坠落

吐蕃的继任大相成了权力争斗的牺牲品，对历史来讲，噶尔·芒相松囊如同一粒尘埃，轻薄而渺小，千百年以后，我们或许只能在泛黄的书页中找到他存在的些许痕迹。

娘·尚囊和噶尔·芒相松囊相继死去，让松赞干布开始怀疑自己的判断，他陷入了前所未有的迷茫。权力的旋涡如此之深，他该如何让自己变得更加睿智与强大，才能不被旋涡卷入无边的黑暗？然而，没有人可以给他答案。

环顾四周，松赞干布感觉自己正被可怕的孤独层层包围，他不愿再相信自己的感觉，也不愿再任由感觉去做判断，这一次，他决定将大相的人选交由“人民会议”来决定。也许对于茫然的自己，这才是最好的选择。

时间从不为任何人停留，历史的浪潮永远都是一波接着一波，永无停歇。噶尔·芒相松囊死后，吐蕃的大相之选再一次提上日程。

琼波·邦色重新得到了机会，这一次他志在必得。为了争得更多的筹码，琼波·邦色施展权术。对拥护自己的势力，琼波·邦色竭尽全力笼络，而对反对自己的势力，琼波·邦色则恩威并施，甚至武力威胁。

大臣和贵族迫于琼波·邦色的势力，不得不在“人民会议”上推举他为大相。一场表面公平的选举，在琼波·邦色的操控下，结果毫无悬念。

对于琼波·邦色，松赞干布虽然有所戒备，但在此时的对唐立场上，二人之间却有着心照不宣的默契。因此，对于“人民会议”的选举结果，松赞干布欣然接受。此时，大唐开始对吐蕃发起全面反攻，琼波·邦色不顾吐蕃的实际情况和战士的厌战情绪，坚持抵抗。

战事一起，吐蕃军队一击即溃，伤亡惨重。整个吐蕃沉浸在巨大的悲痛中，将士们向琼波·邦色倾诉战争之苦，却被他以畏战之名加以惩罚。琼波·邦色的刚愎自用受到越来越多的诟病，无论是普通士兵，还是一般贵族，都对他充满了不满。

战争的失败让松赞干布看清了事实的真相：他偏信琼波·邦色之言，导致吐蕃大军损失惨重。松赞干布不愿再重用琼波·邦色，逐渐削减大相手中的权力，并将一部分权力交由大贵族俄梅勒赞掌管，琼波·邦色风光不再，所谓大相徒有其名。

虽然彼此之间有了裂痕，但对于琼波·邦色，松赞干布从未公开表示自己的不满，他不愿看到噶尔·芒相松囊的命运在琼波·邦色的身上再次上演。对于这个从南日伦赞时期便追随左右的老臣，松赞干布心存感激，如果有可能，他愿意给琼波·邦色一个颐养天年的机会。

也许，分割琼波·邦色手中的权力才是对他最好的保护。只是，权力的诱惑犹如潘多拉的魔盒，引诱着人们去开启。琼波·邦色因在朝中郁郁不得志，便称病回到了自己的领地，居住在弃邦堡寨，表面上归隐田园，实则以退为进，试图继续操控吐蕃。

在众人都以为赞普已经开始遗忘身居东方的吐蕃大相时，琼波·邦色再也按捺不住内心对权力的渴望，他开始采取行动，试图重新获得赞普的重用。

遥远的逻些城上，松赞干布正探身遥望，辽阔的疆土、富庶的城邦让他一生引以为傲。因此，无论内心多么疲惫，处境多么困顿，只要来到城墙看一眼自己亲手建立的城池，松赞干布便能感受到宁静与惬意。

远处的侍从朝着赞普走来，手中拿着一个红色包裹，红布层层包裹的正是琼波·邦色的盛情邀请。琼波·邦色费尽心思在弃邦堡寨举行了盛大的宴会，盼望着赞普的来临，以此重新宣示自己吐蕃大相的地位。琼波·邦色精心准备了华美的辞令，希望在赞普面前表明忠心，夺回本属于自己的权力。

收到邀请后，心思缜密的松赞干布并没有急于动身，而是悄悄派遣亲信大臣禄东赞在宴会的前一天来到弃邦堡寨，探听情况。禄东赞属于噶尔氏，和噶尔·芒相松囊属于宗亲，他与琼波·邦色本就不和，加之对唐态度上的截然对立，二人曾一度水火不容。

禄东赞来到弃邦堡寨，四处探访，很快便发现琼波·邦色的阴谋。沉着的禄东赞表面上不动声色，而在夜晚来临时立即带领侍从连夜奔回逻些，向赞普汇报琼波·邦色的谋反计划。

松赞干布的脸上没有任何表情，多年来他最痛恨的就是背叛，此时的他再也无法念及主臣之情，派出大军前去攻打弃邦堡寨。

琼波·邦色得知赞普大军即将来临，一下子瘫软在地，此时的琼波·邦色明白自己彻底输了，他失去了一生追求的权贵，也失去了垂垂老矣的生命。为了让赞普不降罪于族人，这位鬓发斑白的老人在大军到来之前，结束了自己的生命。遵照父亲的遗愿，琼波·邦色的儿子取下了他的首级交给赞普，以求得到松赞干布的饶恕。

吐蕃大相接二连三地陨落，臣子之间笼罩着厚厚的阴云，如同魔咒一般久久未曾散去。死亡这个话题对松赞干布来讲实在过于沉重，他不愿面对，却又无从逃避。

琼波·邦色已死，松赞干布不想再累及他的家人。再强硬的人，在经历过太多的生死之后，也学会了宽恕。他向军队下令撤出了弃邦堡寨，并保留了琼波·邦色家族世袭的权利。

一场大相的争夺终于落下帷幕，最终禄东赞在“人民会议”上被选举为吐蕃的新一任大相。

禄东赞的当选不仅开启了他人生中最灿烂的一段征程，更使吐蕃的发展进入了一个新纪元。以禄东赞为首的主和派掌管政事期间，吐蕃实现了与大唐的百年交好。文明的交流与融合犹如一条涓涓细流，沿着吐蕃的山脉与高原流进了这片神奇的土地。

第六章

敞开的门：来自中原的文明诱惑

唐贞观八年（634年），吐蕃使者进入长安城的时候，唐太宗并未意识到，这个遥远的政权已在短期内迅速膨胀，从喜马拉雅山到南山山脉，从克什米尔边界到四川边境，处处是他们的足迹。唐太宗派出的唐使受到松赞干布的盛情招待，一股神秘的力量正鼓舞着松赞干布：去吧，去那个古老优雅的繁华大唐，那里有你想要的一切。

文明的虔诚信徒

唐贞观八年（634年），少年得志的松赞干布在家臣的拥护下，施展才干、励精图治，以巨流奔向大海之势展示着属于雪域高原的力量。

此时的吐蕃雄霸西疆，四邻臣服。在经历了政权的统一和巩固后，松赞干布终于可以暂停战事，开启对异域文明的探索之旅。

从小受到文明的浸润，松赞干布骨子里便埋藏着一颗向往文明的种子，而长者的引导、父亲的栽培，更使松赞干布深刻地感受到文明的魅力。

吐蕃地处中国西南，先祖的世代经营为子孙留下了灿烂的文明。松赞干布对大唐王朝的中土文化十分痴迷。那里有松赞干布向往已久的一切，他迫不及待地张开双手，准备迎接大唐文明的洗礼。

年轻的赞普踱步于宫殿之中，文明的交汇与碰撞，赋予了这座宫殿最灵动的生命。穿梭其中，松赞干布感到前所未有的静谧和洒脱，或许这真的是一座充满生命力的宫殿，神秘的异域文明便是它深邃的灵魂所在。

当年迎娶尺尊公主的场景历历在目，对尺尊公主的宠爱实则是年轻的赞普对异域文明的渴望，他从尺尊公主的身上看到了非同寻常的文明之光，这七彩的光亮也点燃了松赞干布新一轮的文明冒险。

宫殿之内，装满了尺尊公主带来的各种典籍。无论是佛家经典，抑或是医药、工艺书籍，都让松赞干布感到沉醉，他像一个孩子一样贪婪地从书中汲取养分，希望借助这些文明的滋养，将吐蕃发扬光大。此时，有关大唐王朝的一些事情，犹如风儿播撒种子一样，传到了吐蕃。谦逊的赞普对此表现出浓厚的兴趣，他常常穿梭于集市街巷，听着来往的商旅讲述着远方的故事，这让他感到无比愉快。

在商旅过客的描述中，松赞干布对大唐有了最原始的幻想。与吐蕃不同，那里地处平原，没有强烈的光照，没有寒冷的夜风，只有和煦的春光伴着花香散落在繁华的街巷，迷醉众人。人们身着轻薄的丝绸薄纱而不是厚重的羊皮，女子身姿曼妙，男子威武挺拔。喧闹的街道，通明的灯火，各式各样的商品，络绎不绝的使者……这些画面不止一次闪过松赞干布的脑海，尽管都是想象的碎片，却仿佛被施了魔法一般，时刻牵动着这位吐蕃赞普的心。

此时的松赞干布并未听闻中原远古神话传说、先秦经史子集，更不知晓汉代华章、魏晋风骨，但这并未影响他对唐朝文化的万分着迷。无论是诗歌，还是散文都深深地吸引着他，也许是生而就有的天赋，也许是后天的熏陶，凡是涉及文字与诗，总是能触碰这位赞普敏感的神经，牵引着他一探究竟。

儿时的松赞干布精通赋诗，在长者的教导下，他可以即兴作诗，且音律优美。平日里松赞干布忙于政事，很少有闲暇做自己喜欢的事情，尽管如此，他还是在心里保留着一个角落，在夜深人静、月上枝头时，松赞干布便开始畅想一场文明的远行，他渴望将远方的文明带回吐蕃，像种子一样播撒在吐蕃的大地上，世代滋养这里的子民。

强盛的经济、繁荣的文化使唐王朝表现出无与伦比的包容性，对周边少数民族政权以礼相待，互通有无。唐朝的生产技术、手工技艺、各色商品也通过蜿蜒的商道传到各地，这就为唐蕃的交往奠定了坚实的基础。随着吐蕃疆土的东进，双方的交往也逐渐密切。

大唐商人带着精美的绫罗绸缎、新奇的手工物件，络绎不绝地来到吐蕃，吐蕃的百姓也向他们兜售手中的羊皮、牛角。

吉曲河谷上，流转着中原各式各样的新奇物件，常常吸引当地人前来观赏。年轻的赞普有时就混在人群中，与子民一起欣赏着远方的文化馈赠，开阔自己的眼界。

终于，这个文明虔诚的信徒再也无法拒绝异域文明的诱惑，开始计划一场远行——去到繁盛而强大的中原，挖掘文明的宝藏。

唐朝的一番美意

彼此的虔诚与渴望成就了唐蕃交好的佳话，双方的第一次交往，记录在了厚重的史书中，尽管只有只言片语，却对日后的唐蕃关系产生了深远影响。

此时的唐朝，国力强盛，在唐太宗李世民的统治下，唐朝的农业生产、经济活动都出现了空前繁荣，四方的少数民族政权争先恐后地来到长安城，只为与唐交好，获得这个强大王朝的庇护。

唐太宗热情地招待着四方来客，他宽广的胸襟更是赢得了四邻的尊崇，人们尊称他为“天可汗”，意为天下的共主。

高原上的强者也开始计划着大唐之行，尽管这个想法已经在他心里闪现了无数次，但谨慎的松赞干布还是没有轻易动身。

唐贞观八年（634年），吐蕃结束了动荡的局面，不仅政局稳固，而且唐蕃之间产生了日益频繁的民间交往，这让松赞干布觉得时机已然成熟，他不必再等待，也不必再幻想，此时的他终于可以跨过群山森林、河流溪谷，去拜访远方的强邻。

那时的雪域高原，远不是现在的模样，崎岖的山路、冰封的雪峰、千年不化的冻土，是那里普遍的生存环境，使者的出使不仅是一次文化的碰撞，更是一场文明的苦行，只有拥有充足粮食、御寒衣物、精良骏马，以及强健体魄的队伍才能完成这次出使。

天际微亮，远处的帐篷升起了袅袅炊烟，那是勤劳的吐蕃阿妈在为一家人准备早饭，牛羊还在睡梦之中，河谷仿佛也在沉睡。一队身着华服的使者出发了，他们沿着山上蜿蜒的道路前行，每一步都走得坚定，身后是他们沉重的行囊和城墙上赞普期盼的目光。

对此次出使，松赞干布满心期待，他为此亲自组建了出使的队伍，队伍的成员从使者到侍从，从武士到杂役都由赞普精心挑选，他相信出色的队伍可以带回令人鼓舞的消息。

为了能给“天可汗”留下一个好印象，松赞干布更是准备了大量精美的礼物。吐蕃盛产宝石，于是松赞干布命人挑选色泽最光鲜的原石，请技艺精湛的师傅进行雕琢，镶嵌在宝剑上，送给大唐皇帝。除此之外，出使的队伍还带着满满四箱的宝物，精美的藏银器具、翠绿的松石挂件、奇特的牛角饰品、珍贵的祖母绿……可谓应有尽有，松赞干布希望大唐皇帝可以感受到自己的诚意。

出使大唐的队伍满载着赞普的厚望，浩浩荡荡地出发了，他们翻越绵延的雪峰，穿过美丽的河谷，走出了茫茫无际的雪域高原。

队伍中的许多人是第一次离开吐蕃，去往遥远的地方。前方未知的路，于他们来讲既是巨大的诱惑，又是充满危险的旅途。一路上，陪伴他们的只有远方的山丘和林间的鸟鸣。

渐渐地，山顶不再有常年的积雪，而是满眼的绿色，花儿的颜色、植被的种类变得越来越多，村落也开始密集起来。使者们意识到他们已经走出高原，进入了中原腹地。平原上的美丽风景如画一般让人迷醉。

沿着繁华的商道，使者们一步步前行，这段路途就要接近尾声，远处等待他们的是一座空前繁华的都城，那里车水马龙、人声鼎沸……

通关文牒早在出使队伍到达之前，就被连夜送到了长安，唐太宗手中拿着吐蕃的文牒，脸上闪现了一丝笑意，对于吐蕃的来客，唐太宗亦是充满了期待。这个地处唐朝西南边陲的强大政权终于派人来到了长安，唐太宗希望借此机会拉拢吐蕃，使其成为自己西南地区的重要防线。

一路上，出使队伍听着过往商旅的讲述，对远方的长安城充满了期待。

“听说那是一个遍地铺满黄金的地方，人人都有享用不尽的财宝、可口的食物和精美的服饰。”一位年轻的侍从说道。

“长安城果真像人们说得那样？我不相信。”旁边的武士一脸疑虑地回应。

一时之间，二人争执不下。

对于长安，他们有太多遐想，也有太多期待，生活在辽远雪域的人们除非亲眼所见，否则永远也无法想象中原城邦的繁华。

终于，在一个仲夏的傍晚，吐蕃的使者们来到了他们幻想许久的长安城，眼前的一切如同梦境一样，层层展开。长安城的繁华热闹，远远超出他们的想象，绚烂的烟花、七彩的街灯、喧闹的集市让使者们目不暇接。

在队伍到达长安的第三天，他们受到了唐太宗的接见。使者精心整理着自己的服饰，抚平上面的细微褶皱，希望在“天可汗”的面前展现吐蕃的风姿。

沿着红墙青砖，一行人走进了皇宫，一座座厚重的城门随着他们的脚步被打开，又随即关闭，大唐宫殿的森严，让使者惊叹不已。

此时，大唐皇帝正端坐在太极殿中，等待着吐蕃人的到来。不一会儿，一名内侍走进殿中，身后跟着吐蕃来使。

这是历史上唐蕃的第一次正式交往，也是唐蕃交好的开端，在浩浩荡荡的历史长河中，这一天无疑具有非凡的意义。

使者们向唐太宗施礼，并将赞普的礼物一一转交给他。这个充满涵养的中原皇帝接受了他们的朝拜，为他们佩戴上中原名贵的玉佩以示感谢。

为了招待远方的客人，唐太宗准备了丰盛的晚宴，宴会之上，各种闻所未闻的食物让他们眼花缭乱。高原地区高寒的气候，使当地人的饮食结构极为单一，中原色味俱佳的料理，一下子吸引了他们的目光，在内侍的介绍下，他们品尝了这些食物。

大唐皇帝的盛情款待，使吐蕃使者感到万分荣耀，他们感慨于皇帝陛下广阔的胸襟，更自豪于吐蕃此时的强大。人们饮着美酒，享用美食，倾听乐曲，笑声充满了整个太极殿。

为首的使者，望着殿外的烟火，眼角滑落一滴泪，环观四周，趁着无人发现，他悄悄将泪水拭去。没有人知道这滴眼泪的背后藏着怎样的故事，也许是愿望达成的喜悦，也许是离乡太久的哀愁。

唐使让他们激动不已

宴会结束后，使者们回到下榻的四方馆，回味着一天的所见所闻，这个传说中的繁华之都真的犹如仙境。食物飘香，仙乐渺渺，那美妙的感觉至今仍在他们心头萦绕。

远方的赞普，正焦灼地等待着音讯，却久久没有得到回应。遥远的距离，闭塞的交通让赞普与身负使命的使者们一时失去了联系。

或许他们路途中遭遇了不测？或许他们被困在某处？或许他们在长安备受冷落？或许……松赞干布在心里做了无数种设想，而每一种都让他变得更加焦躁。

寄予了太多希望，就难免举止失措，赞普派人从过往的商旅那里探听使者们的消息，却一无所获。

终于，在一个安静的午后，松赞干布收到了远方传回的消息，那颗悬起的心得以放下，尽管未能亲眼所见，亦能感觉到使者激动的心情，得知他们在长安一切安好，赞普的脸上终于有了笑颜。

吐蕃使者在宴会之后又被多次召见，与各地的使者一起享受着大唐皇帝的款待，香甜的美酒、精致的食物既是主人慷慨的馈赠，亦是唐朝与周边政权情谊的体现。

各地使者纷纷向大唐皇帝表示感谢，宴会之上其乐融融。而在闲暇时光，吐蕃使者走遍了长安城的角角落落，他们在喧闹的市井中，找寻着中原文明最鲜活的生命。

日子一天天过去，转眼间他们在长安已经待了三个月，大唐的好客让他们在遥远的长安亦感觉到家的温暖。然而，时间久了，思乡之情还是悄悄地涌上心头。

侍从在马厩里喂马，正准备为马儿梳理鬃毛，却发现马儿的鬃马已经失去了往日的光泽，中原的草儿肥美，却让这些自小长于雪域高原的骏马无法适应。

马儿会思乡，人也一样，看来归家的时候到了。

使者们一番商议，便定了回家的时日，并决定向大唐皇帝辞行。唐太宗为了显示对吐蕃的重视，提议派遣使臣回访吐蕃，随吐蕃使者一同回去。

同样的旅程，来程与归途对吐蕃使者来讲，却是不一样的心境。他们怀着忐忑的心情离开吐蕃，前往长安，心中有疑虑，也有不安。数月之后，他们踏上归途，已是完成赞普赋予的使命，带着荣耀回归吐蕃的英雄。

历史上，每一次文明的交汇总是让人心潮澎湃，不单是因为不同文化碰撞之后的火花，更因为每一次的交汇都是人类智慧的象征，人类之所以伟大，正是因为他们愿意走出原本狭窄的地域，去接触更为广阔的天空，也许这份冒险精神才是支撑人类走过漫漫文明之旅的动力。

跟随着吐蕃使者的脚步，大唐使臣冯德遐也朝着吐蕃前行。

夕阳下，一行人缓慢前行，暮光映照在每个人的脸上，显得如此温暖，一路向西的旅程像一把钥匙，开启了中土通往神秘雪域高原的大门，这一天也因此被历史铭记。

随着队伍的行进，海拔也越来越高，虽然古人对海拔没有今天这样具体的认知，然而气候的骤寒、呼吸的艰难，亦让大唐使臣难以适应。但这也恰恰说明，他们离目的地越来越近。

纯精结奇状，皎皎天一涯。
玉嶂拥清气，莲峰开白花。
半岩晦云雪，高顶澄烟霞。
朝昏对宾馆，隐映如仙家。
夙闻蕴孤尚，终欲穷幽遐。
暂因行役暇，偶得志所嘉。
明时无外户，胜境即中华。

况今舅甥国，谁道隔流沙。①

这是唐代诗人吕温《吐蕃别馆和周十一郎中杨七录事望白水山作》中所描写的高原风光，对于初见雪域风光的冯德遐来说，也未尝不是这番感觉。雪域高原的辽远与空旷，深深震撼着这位大唐来使，他终于看到了与中原地区迥异的景色与村落。

远在逻些的松赞干布，早已命人备下美酒与美食，等待着远方的来客。

之前，派遣使者出使大唐的念头，在松赞干布心里缭绕了无数次，直到出发前夕，他仍旧充满了不安。而唐使的意外回访，则让他更加确信自己的判断。

整个逻些城像节日来临一样，处处欢腾，子民和他们敬爱的赞普一样，对于大唐的客人充满了想象。

唐使如期而至，松赞干布亲自来到城外迎接，并将精美的羊皮袄送给远来的客人以抵御高原的寒冷。冯德遐感受到吐蕃赞普的热情与礼待，亦是十分欣喜。

松赞干布在城堡中燃起了高高的篝火，用吐蕃特有的方式表达对唐使的欢迎，案上布满了各种美味佳肴，鲜嫩的羔羊、香甜的糌粑，等等。

看着客人享用吐蕃美食并连连称赞，松赞干布沉浸在巨大的喜悦中。

宴请冯德遐的宴会，是松赞干布有生以来第一次与唐朝大臣的接触，却给他留下了无法磨灭的印象。冯德遐精美的服饰、优雅的举止、不凡的谈吐都深深地吸引着松赞干布，让他对大唐文明更加向往。

他专心听着这位来使的讲述，将平生所见所闻填充进对大唐的想象中，试图探寻到中土文明的秘密。这一切犹如宝藏一般，深深地吸引着这位吐蕃赞普。

此时的他更加意识到，辽远的吐蕃需要更先进的文明的浸润，封闭的地域应该敞开大门，迎接外面的世界。

在冯德遐的讲述中，松赞干布得知了有关联姻的消息，于是求亲的念头在年轻的赞普心里悄悄萌生。任谁也没想到一句无心的话，却成就了一场异域的姻缘，更成就了唐蕃文明的交汇。

①彭定求等：《全唐诗》，北京：中华书局，1980年版，第4158页。

吐故纳新的胸襟

此次出使大唐让吐蕃使者收获颇丰，他们不仅带回了大量的大唐器物，而且深入了解了中原文明。在接待唐使的闲暇，松赞干布召见了几位使者，听他们讲述路上的所见所闻。

关于大唐，使者印象最深的莫过于繁华的长安城，为首的使者拿出自己一路见闻的笔记，为赞普讲述城中的构造。

此时的唐朝正值贞观年间，长安城规模宏大、繁华富庶。城中有坊有市，格局分明，长安的集市又分为东市和西市，“二百二十行，四面立邸，四方珍器，皆所积集”。长安城称得上是当时世界上最大的城市，据记载，城内最宽的街道可以达到二百二十米。

松赞干布认真地听着使者的讲述，问道：“长安城中有市有坊，均为何用？”

使者答道：“启禀赞普，市、坊各有不同用处，坊用于居住，而市用于经商。坊中安静，居民居住于此，可以安心静养。而市中喧嚣热闹，各种商品应有尽有，居民可以来此购置所需物品。市坊分开，让长安城内井然有序，热闹却不杂乱。”

听到这里，松赞干布不禁感慨于中原王者的统治智慧，吐蕃地域辽阔，人烟稀少，自然没有办法建造这样的城池。然而，随着往来商旅的增多，逻些城或许可以借鉴这样的布局，建立街市。

赞普在心里开始慢慢构想，片刻停顿之后，他接着对使者说：“中原地区的人以何为食？”

“中原地区物产丰富，瓜果蔬菜种类繁多，与吐蕃不同，他们偏爱素食，许多贵族更是潜心礼佛，不沾荤食。”使者答道。

“大唐人的服饰如何，此次来吐蕃的大唐使者穿着讲究，用料精细，不知普通百姓身着什么样的服饰？”松赞干布接着问道。

“回赞普，大唐的服饰可谓多姿多彩，我们到达长安之后，简直无法相信自己所见。大唐盛产丝绸，满眼望去，皆是华服，其服饰之丰美华丽，妆饰之奇异纷繁，让人瞠目。”使者回答。

“纵是一般的平民也衣着华贵？”

“长安城中皆为富贵，只有少许的平民，他们久居城中，衣着也是十分讲究，而且城中有许多外族人，所以身着胡服的人也很多。”

说罢，使者命人将唐太宗赠予赞普的一件长袍取来，松赞干布手中捧着长袍，仔细端详，密实的纹路、精美的刺绣，让人眼前一亮。紧接着使者又呈上了一对彩色的花瓶，黄绿白三种颜色交错，给人一种缤纷艳丽的感觉。

松赞干布把玩着花瓶，不得不叹服于中原的手工技艺，心中想着如果吐蕃也有如此精湛的技艺，那该多好。

使者一一回答着问题，从城郭讲到民居，从饮食讲到服饰，松赞干布听得入神，对于远方大唐的向往也随之加深。

不知不觉夜已深了，窗外的月光透过窗子照进大殿之中，地上闪动着银白色的光，松赞干布却毫无睡意，此时的他，正沉浸在对中原文明的幻想之中，久久不能自拔。

赴唐求亲

松赞干布将冯德遐的来访视作皇帝陛下的器重，他精心款待来自中土的客人，希望给远方的大唐留下一个好印象。

天空蔚蓝，白云点缀，子民们聚集在红山顶的一片广场上，松赞干布为冯德遐准备了盛大的欢迎仪式。

在吐蕃，为了欢迎重要的客人，赞普会命人赶着成群的牦牛走过，供客人挑选，被客人射中的牦牛，将会成为宴会上的佳肴。吐蕃用这样的方式显示对客人的礼待和尊敬。由于唐使不远千里而来，颇有疲倦，心思细腻的赞普便将这项活动安排在唐使到来的第二天。

面对赞普的邀请，冯德遐施以谢礼道："在下十分感谢赞普的盛情，只是我久居城中，比起吐蕃勇士，自然拙笨许多，不知能否射中，还请各位多多包涵。"

侍从为冯德遐呈上一把制作精美的弓箭，冯德遐接过弓箭，娴熟地将弓拉开。成群的牦牛被驱赶到广场上，冯德遐仔细打量，很快便锁定目标。只见这位大唐使臣将弓拉满，还未等众人反应过来，"嗖"的一声，箭已离弦，射中远处一只牦牛。广场上顷刻之间静了下来，即刻又爆发出阵阵喝彩。

对于松赞干布来讲，冯德遐精湛的箭术让他大吃一惊，这个大唐来使不仅谈吐文雅、学识渊博，而且精通射箭，丝毫不输吐蕃勇士。松赞干布更加钦佩此人，也更加迫切地希望与大唐交好。

宴会之上，松赞干布与冯德遐把酒言欢，从唐朝的诗书礼仪谈到风土人情，从诗词文字谈到歌舞曲艺，松赞干布的眼中闪烁着渴望的光，如同燃起的火焰般明亮，他清澈的眼眸中有着说不尽的求知欲望。

而对于冯德遐来讲，松赞干布不仅是一个威严的赞普，更像是一个谦逊的学生，他竭尽所能从自己这里学习知识，了解外面的世界。这份见识使他与众不同，冯德遐相信这位年轻的赞普必然会成就一番伟业。

美好的时光总是过于短暂，不知不觉间，唐使已经在吐蕃逗留了数月之久，冯德遐不得不辞别松赞干布。恰逢此时，吐谷浑赴唐求亲的消息传了过来，松赞干布再也按捺不住。他重整行囊，备下了更多的金银财宝，决心再一次派遣大臣出使大唐，请求联姻。

将公主远嫁联姻，在历史上不胜枚举，但是对当时的唐朝来讲，这件事必须谨慎为之。这是因为唐朝国力强大，公主的远嫁通常意味着"天可汗"的恩赐，而当时唐朝周边布满了少数民族政权，如何维系这些错综复杂的关系，是一门十分考究的学问。

联姻可能成为调节政权关系的筹码，也可能成为伤害自身统治的利剑，大唐皇帝不得不考虑周全。吐蕃的求婚使随着冯德遐来到了长安，面对吐蕃的请求，唐太宗召集重臣开始商议。

"想必各位都已听闻吐蕃求亲之事，对于周边民族，大唐始终以礼相待，凡是真心臣服大唐，与大唐友善者，我愿意将宗室女子远嫁，以成就两地之好。只是吐蕃与大唐距离遥远，又初通友好，此时应允联姻，不知是否过于仓促？朕思虑良久，希望听听各位的意见。"

博学多识的房玄龄说道："吐蕃乃西南强力，近些年来，不断扩张，吞并了当地大大小小的政权，如今实力强盛，雄霸一方，现在吐蕃既然愿意与唐交好，不如趁此机会，同意吐蕃之请，一来让吐蕃感激我大唐恩泽，二来也可巩固边疆，减少边境祸乱。"

一向处事严谨的长孙无忌却持不同看法，说道："自吐蕃第一次遣使来唐，到如今求亲才两年时间，对于吐蕃，大唐知之甚少，现在吐蕃遣使求亲，意图不明，臣建议还是稍事冷静，再做打算。"

大殿之上，群臣议论纷纷，从吐蕃归来的冯德遐，赞同房玄龄的看法。目睹过吐蕃实际情况的他，对于吐蕃政权和赞普有着更深的了解："臣此次奉命出使吐蕃，一路上感触良多，吐蕃虽然地处偏远，经济、文化没有中原地区发达，但是吐蕃赞普见识甚广，可谓一地英明之主。此次求亲，吐蕃赞普亦是一片诚心。”

然而，对大部分臣子来讲，他们对吐蕃仍是充满了未知，未知自然会感到不安，经过群臣商讨，最终唐太宗还是拒绝了松赞干布的求亲。

吐蕃来使在驿馆中焦灼地等待着宫中的消息，这是他们第二次出使大唐，相比第一次的盛情接待，此次显然没有那么顺利。使者回忆起第一天来唐的情景，求亲的请求刚一出口，皇帝陛下便有些不悦，虽然他努力保持着自己的仪态，却仍旧被善于察言观色的使者发现了端倪。

他只能祈祷出使过吐蕃的使臣冯德遐能够帮助吐蕃极力争取，然而，在唐朝的重臣中，冯德遐的话能有多少分量，他不得而知，这更让他坐立不安。

驿馆中人来人往，十分嘈杂，使者立于窗前，眼睛一动不动地盯着远处朱红色的大门，一直到傍晚，都没有任何消息。看来求亲之事，并非如赞普想象得那样水到渠成。

又是一个无眠之夜，使者早早起身，开始了漫长的等待。终于，皇帝陛下派遣的信使来临，带来了他们最不愿意听到的消息。

吐蕃遣使来唐求亲遭到拒绝，吐蕃使者深知无法向赞普交代，却又不知如何是好。思量再三，他还是决定领着求亲队伍离开长安，将求亲被拒之事告知赞普。

极大的期盼一旦落空，便会带来极大的失落，远在逻些的松赞干布得知这一切后该做何打算？是落寞沉寂，抑或是愤然出兵？历史的进程一步步推进，吐蕃与大唐的关系正发生着微妙的变化。

第七章

倔强的驸马：血与火的苦难变更

靠近一种文明形态最迅速的方式，莫过于血脉相融，松赞干布深谙此道。然而好事多磨，求亲被拒的赞普再也无法抑制因渴望而焦灼的内心，决定大举进攻吐谷浑，同年将战火烧到大唐军事重镇松州。然而，身居红山之上的赞普最终还是放下了手中的兵戈，张开双臂迎接美丽的大唐公主的到来，随之而来的更是他梦寐以求的中原文明。这场姻缘，虽然姗姗来迟，却给了松赞干布无尽的欣喜。

迁怒吐谷浑

远方的雪峰默然伫立，风中夹杂着冰雪与泥土的气息，其中的清冷，唯有一人知道。

年少继位，让松赞干布比同龄人多了几分成熟，饱经磨砺，更让他多了别人鲜有的倔强。他始终相信，只要付出足够的努力，没有什么事情不可为之。

然而，松赞干布前一秒还沉浸在唐使为自己构筑的美梦中，下一秒却发现这个美好的愿望犹如天边的彩虹，七彩动人却瞬间消逝。从长安归来的使者害怕赞普因求亲失败而降罪，便将皇帝陛下的拒绝归结于吐谷浑的挑拨，松赞干布心中的怒火开始燃烧。他回想起自己十三岁即位以来，尽管身临绝境、危机重重，却从未有过如此大的挫败感。自己一片赤诚，只是向往中原文明，希望借助求亲加强与中原的交流，竟被人拒绝，他觉得自己被深深地羞辱了。

曾经，迎娶尺尊公主让这位赞普懂得放下手中的武器，代以平和的追求。但是，这一次，他不再拥有耐心，他希望用一场酣畅淋漓的大战来抗击所有让自己蒙受屈辱的对手，向众人证明吐蕃的强大。

没等归来的使者喘上一口气，松赞干布的大军已经进发，前去征服吐谷浑。

吐谷浑是西北边陲的游牧政权，最早可以追溯到公元3世纪。

“吐谷浑”原为人名，是辽东鲜卑慕容氏单于的庶长子。公元4世纪，慕容吐谷浑率领所属部落，离开原来的属地，西迁上陇，至于伽罕，在此定居，最终成为西北强部。

这个位于吐蕃西北部的政权曾经创造出兴盛的文明。在今天青海省海南藏族自治州共和县石乃亥乡以北、菜济河以南，伫立着一座古城遗址，这就是吐谷浑的都城伏俟城，又称铁卜加古城。时至今日，伏俟城已经经历了一千四百多年的风雨侵蚀，仍然保存着城市大体的轮廓。

当时，此城周围是一片地域开阔、水草丰美的草原，这里东连西平（今青海西宁）、金城（今甘肃兰州），南下可达益州（今四川成都），西通鄯善（今新疆婼羌），东西的商旅来往大多会经过此地，其繁华可想而知。城体基本呈方形，整个城郭的建筑，都按照中轴线分布于城市两侧，这样的布局显然是受到了中原地区的影响。

经济上，吐谷浑与吐蕃一样，以畜牧业为主，放养着大量的马、牛、羊、驼，尤以良马最为著名，龙种、青海骢都是吐谷浑最名贵的品种。文化上，吐谷浑是青藏高原最早受到中原文化影响的地区，在中原文化的浸染下，吐谷浑人从信仰萨满教转而信仰佛教，成了茫茫雪域高原中第一个接受佛教的民族。

唐太宗即位后，吐谷浑多次侵扰大唐边境，令唐太宗十分恼火。唐贞观九年（635年），唐太宗趁吐谷浑内乱，以平乱之名发兵击之。吐谷浑面对强盛的大唐，毫无还击之力，他们逼首领伏允自杀，向大唐俯首称臣。

唐贞观十年（636年），在大唐的支持下，诺曷钵继位成为吐谷浑的可汗，又被唐朝册封为河源郡王。此后，诺曷钵带着大量的金银财宝来到长安向唐太宗提出求亲。为了稳固唐朝对吐谷浑的统治，唐太宗同意将宗室女弘化公主嫁与诺曷钵，而吐蕃的求亲却被拒绝了。

于是就有了后来的故事。

长安的吐蕃使者听闻求亲被拒的消息，不禁大惊失色。吐蕃千里迢迢来到长安，带着重礼希望皇帝陛下应允求亲之事，却遭到拒绝。而吐谷浑不过是一个夹在大唐与吐蕃之间的小邦，无论是政治实力还是军事实力都远不如吐蕃，却得到了大唐赐亲的恩典。使者无法理解问题出在何处，更觉得无法向赞普交代，一时之间乱了阵脚。

思量再三，还是决定先回吐蕃，将求亲被拒的消息告知赞普。这时有人提出，如果照实禀报，定会遭到赞普怒斥，惩罚也少不了，不如将求亲失败的原因归结于诺曷钵的挑拨，这样就能够推卸责任。

回到逻些，使者前去拜见赞普，松赞干布一脸威严，命使者报告此次出使的情况。

“启禀赞普，此次出使大唐，得到了大唐的热情款待，原本一切进行得非常顺利，可是谁知中途生了变故，有人在皇帝陛下面前故意散布谣言，诋毁赞普，使皇帝陛下改变了主意。”

使者战战兢兢，额头冒着汗珠，生怕被赞普发现端倪。

松赞干布压着心中的怒火，问道：“是谁如此大胆，竟然与我吐蕃为敌？”

“诋毁赞普的人正是吐谷浑的可汗诺曷钵，他仗着刚刚被册封为河源郡王，在皇帝陛下面前极尽谄媚，挑拨大唐与吐蕃的关系。最终，陛下不仅听信了他的话疏远我们，而且还将弘化公主赐婚于吐谷浑。”

此时的松赞干布早已怒不可遏，他无暇去分辨使者的话中真假，一时间，愤恨、羞辱、不甘涌上心头，一场与吐谷浑的战争在所难免。

使者悄悄拭去额头的汗珠，看着愤怒的赞普，心中松了一口气，他知道自己的谎言已经成功地将责任转嫁于吐谷浑，至于出征之事，已与自己无关。

首战告捷

一个谎言引发一场大战，听来荒唐，却并非巧合。

自从使者远去长安，松赞干布在逻些城中心神不宁，相比第一次出使，这次他抱着更大的希望，一来通过与唐朝使臣的交往和吐蕃使者的讲述，松赞干布更加向往大唐文明，二来他也希望借此机会与大唐缔结姻亲，巩固自己在雪域高原的地位。

此刻，得知被人挑拨、求亲失败，他心中的失落、愤怒可想而知，也许唯有战火才能平息一切，让他重新找回吐蕃赞普的尊严。

刚刚从长安归来的诺曷钵，还沉浸在求亲成功的喜悦中，却不料兵临城下。此时的诺曷钵完全摸不到头绪，吐谷浑虽然与吐蕃有过争端，但自从自己继任以来，一直未与吐蕃起过任何冲突，就连边境地区也是相安无事。如今，在没有任何准备的情况下，吐谷浑又该如何应对吐蕃大军？诺曷钵一时之间乱了阵脚。

诺曷钵毕竟是一地之主，稍事冷静之后，决定先派自己得力的大臣前往松赞干布的军营议和。松赞干布多年来征战四方，吐蕃大军的骁勇善战已是不争的事实，吐谷浑使者不敢耽误片刻，一路骑着快马赶到了吐蕃军营，请求拜见吐蕃赞普。

见到松赞干布，使者赶忙行礼，道出了来意："尊敬的吐蕃赞普，吐谷浑素来与吐蕃交好，没有任何过节，不知吐蕃此次出兵，所为何事？"

松赞干布盯着吐谷浑的来使，冷冷地说道："这就要问你们的诺曷钵可汗了，我自问从来没有得罪他，此次我遣使去大唐求婚，他却从中挑拨，破坏我与大唐的联姻。他这么做又有何目的？”

吐谷浑使者听到这些，更加摸不着头脑：“赞普一定是听信了谣言，我们可汗继任不久，为人宽厚，对待四邻十分和睦，从未伤过和气，更不会在皇帝陛下面前搬弄是非，希望赞普息怒，不要将罪名强加在吐谷浑头上。”

被愤怒蒙蔽的松赞干布，再无心听吐谷浑使者的解释，他认定自己求亲失败都是因为诺曷钵的挑拨。

看松赞干布对自己的解释毫不理会，吐谷浑使者继续说道：“吐蕃乃高原强力，地域广阔，人民富庶，吐蕃军队以骁勇善战闻名，吐谷浑从未想过与吐蕃抗衡，更不会挑拨生事，还请赞普查明事情的真相，不要让战火牵连无辜的百姓。”

松赞干布有一瞬间的动摇，但转念一想，大唐皇帝拒绝了吐蕃的求亲，却将公主嫁与吐谷浑，显然是想借助吐谷浑压制吐蕃。想到这些，松赞干布已经不愿再去追究事实的真相，既然大军已出，便不能无功而返。

松赞干布看了一眼吐谷浑使者，冷冷地说道：“我吐蕃并非穷兵黩武，此次征讨吐谷浑全因你们行事阴险，暗中生事。现在我吐蕃大军已到，你们自然百般抵赖，但孰是孰非我自有判断，既然你们已经在皇帝陛下面前言语中伤吐蕃，娶得公主，就要为自己的行为付出应有的代价！”

吐谷浑使者见松赞干布已经愤怒至此，便知多说无益，于是退出帐外，匆匆赶回伏俟城，向诺曷钵报告情况。听了使者的话，聪明的诺曷钵便已明白了事情的原委。吐蕃使者前往长安求亲被拒，而大唐皇帝却应允了自己与弘化公主的婚事，吐蕃一定盛怒难平。此时不管自己有没有破坏唐蕃的联姻，吐蕃都会将这笔账记在吐谷浑头上，纵使他再多辩驳，也无济于事。

多年来权位更迭，战事不断，本以为臣服于大唐，借助大唐强盛的国力可以得到庇护，不料却惹来一场祸事。和解早已无望，诺曷钵只能紧急调集吐谷浑的军队，赶赴边境，准备迎敌。吐谷浑内部经历多次分裂，统治力早已大不如前，加上刚被大唐征服不久，实在无法与吐蕃抗衡。

吐蕃大军在吐谷浑边境展开了猛烈进攻，不久便攻破了吐谷浑的防线，长驱直入，直奔伏埃城。慌乱之中，诺曷钵带着弘化公主仓皇逃往青海湖以北，而吐谷浑大片的牧场、草原则被吐蕃占领。

与松赞干布相比，诺曷钵无疑是个多难的王子，同样是父亲被害，松赞干布在家臣辅佐中重整旗鼓，开疆辟土，而诺曷钵则不得不面对强敌一次次的征服，将祖先世代守护的土地拱手让人。

诺曷钵仓皇出逃前，最后看了一眼美丽而平静的青海湖，碧蓝的湖面没有一丝涟漪，而他的心中却浪涛翻滚。原来他从来不是这里的主人，只是一个匆忙的过客。

历史总是残酷的，有胜利便有失败，其中太多的无奈，却无处诉说。

此时松赞干布早已来到伏俟城内。城池经过战乱，虽然一片狼藉，于他而言却是一场盛宴。他的心终于在战火的洗礼中得以宽慰，多日来堆积在心中的怒火也开始熄灭，松赞干布沉浸在征服的快感中，享受着战争带给自己的满足。

战士们早已疲惫不堪，纷纷返回营中休息，准备归家的旅程。只有松赞干布，站在城墙之上久久不肯离去，他望着脚下的土地，沉默不语。

一切于他而言，才刚刚开始。

醉翁之意不在酒

出征吐谷浑，使吐蕃疆域拓展到青海湖以南，面对溃败不堪的吐谷浑军队，松赞干布并没有穷追不舍，而是集结兵力，将矛头转向了吐谷浑周边的党项、白兰羌。

党项族是我国北方的少数民族，隋朝时，部分党项开始依附中央政权，居住在今甘肃东部、陕西北部一带。唐朝时期，党项的地域范围拓展到青海的果洛、黄南、海南，四川的阿坝、甘孜，甘肃的甘南一带。当时，党项属于西北地区较大的部族，各个部落各自为政，实力分散。白兰羌则分布于我国青海南部、四川西部一带，以游牧为生。唐武德二年（619年），白兰羌派遣使者来大唐朝拜，从而归附大唐。

以当时的局势来讲，党项、白兰羌均为大唐附属，位于大唐边境松州的西面和北面，也是吐蕃与大唐的中间地带，松赞干布将军队集结于此，意图征服党项、白兰羌，正是为出兵松州做准备。

出兵松州在松赞干布看来是一步险棋，他却不得不走出这一步。求亲失败不仅让吐蕃在众多的少数民族政权中威信下降，更浇灭了松赞干布一直以来对唐文明的向往。深深的挫败感化作一股力量，推着他向唐王朝宣战。

短短数月，松赞干布的大军相继攻陷了吐谷浑、党项和白兰羌，在随后的松州之战中，最初令唐军受挫。面对被征服的土地，松赞干布感到无比兴奋，沉积在心中的屈辱一扫而光。

轻而易举的胜利容易使人盲目。这一次，一向沉着的松赞干布也变得不冷静，他陶醉于眼前的胜利，却忘记了自己挑战的是四方朝拜、强盛至极的大唐王朝。

取得胜利的吐蕃大军一片欢庆，战士们点燃篝火，宰杀牛羊庆祝。甘甜的青稞酒伴着胜利的快感一杯接一杯在舌尖流淌，那份快意无法用言语来形容。松赞干布走在军营里，在战士们的欢呼声中，享受着无上的荣耀。

吐蕃军队在松州的首战告捷给了大唐沉重一击，消息传到长安，朝野上下一片哗然，这样的打击与其说是军事失利，不如说是颜面扫地。唐太宗大怒，连夜召集大臣做出部署。

他派出吏部尚书侯君集为弥道行军大总管，右领军大将军执失思力为白兰道行军总管，左武卫将军牛进达为阔水道行军总管，左领军将军刘兰为洮河道行军总管，四路大军齐头并进，袭向吐蕃军队。

这一天，天已入秋，秋风吹起，片片枯叶在风中回旋。夜晚来临，辽远的天空只有星星点缀，驻扎在松州城外的吐蕃军营异常安静，士兵们拖着疲惫的身体酣然入睡，只留下三五个守夜的人。

一阵风吹过，守夜的士兵紧了紧身上的皮袄，却挡不住睡意，面前的篝火在秋风中忽明忽暗，仿佛传达着一种危险的讯息。忽然，远处传来一声战马的嘶鸣，沉睡的士兵惊醒了。然而，未等他们反应过来，唐朝大将牛进达便带着大军，杀进了军营。

吐蕃的将士们冲出营帐，拿起手中的武器拼死抵抗，却无济于事。这一夜过得十分漫长，当天际露出点点微光时，军营已经一片狼藉，到处是倒塌的营帐、烧毁的战旗、伤亡的士兵……唐军的夜袭成功摧毁了松赞干布的前锋军队。

这是松赞干布继承赞普之位以来的第一次失败，也成了他一生都无法忘记的痛点，倘若时间可以重来，一向深远谋略的他是否还会出兵松州？此时的松赞干布不得不面对军营被袭的现实，重新调整自己对大唐的态度。

这场战争的较量，让彼此认识到对方的力量，也正是在战争中，大唐与吐蕃找到了属于自己的位置，军事格局划分就此形成。

面对伤亡惨重的军队和疲惫不堪的士兵，松赞干布的心中像被一块巨石压着，沉闷的痛楚传遍了全身。然而，这一仗，他败了，却不悔，没有这奋力一搏，大唐恐怕永远都不知道吐蕃的坚毅，更不会意识到吐蕃有力量成为大唐值得依靠的盟友。

军民不敢说出的祈盼

埋骨他乡的凄凉或许是每个离家的人无法承受之重。他们踏着远征的步伐，走出雪域的那一刻，便是与家乡的一次诀别。等待他们的或许是胜利的荣耀，或许是生命的陨落，然而无论哪一种，他们都不得不面对死亡与离别。

此时，距离松赞干布出兵吐谷浑已近一年时间，战士们离开家乡一年之久，他们仿佛忘记了父母慈祥的面容、妻子顾盼的目光、孩子爽朗的笑声，只能终日与刀剑为伴。他们整日活在恐惧中，昨天还谈笑的兄弟，今日便化作一具冰冷的尸体，那种痛楚重重地敲打着每一个人。

他们也许再也无法回到辽远的雪域，无法再看一眼家乡成群的牛羊、无边的绿草，百灵鸟清脆的叫声也只能在梦中时而响起。在梦中，母亲手中拿着香甜的糌粑、多汁的牛肉站在帐外，等着他们归来。然而梦醒了，他们身边只有冰冷的铠甲和无尽的战火。

夜深之时，营帐中常常传来战士低声的啜泣和痛苦的呻吟，天上的明月犹如一盏暗夜里的灯，照亮了凄冷的夜空，却无法为战士们找到回家的路。

对唐的战争本就不是人民所愿，现在伤亡惨重，将士们更无心恋战。

而此时的松赞干布，却早已顾不上这些，他命令军队驻扎在松州继续与唐军对峙，戎马一生的他，相信只有军队可以震慑敌人，让他得到自己渴望的一切。

历史上，多少地方避免不了战争，疆域的诱惑、权力的渴望、征服的野心就像一个魔咒，没人能逃得开。

面对赞普的决定，吐蕃贵族和家臣之间也出现了分歧，主战派与主和派斗争激烈，众人人心惶惶。

子民们谨小慎微，不敢说出心中对安宁生活的渴望，更不敢表达对战争的不满，然而，人心早已涣散。政局动荡、民间不满、军队溃败，恍如一记响亮的耳光，重重地打在松赞干布的脸上，火辣的疼痛之后，这位赞普终于开始清醒地审视吐蕃的局面。

松赞干布在大帐内来回踱步，思量如何取舍，叔父论科耳找到他，施礼说道："赞普是否为松州之战忧虑？我有一些话在心里思虑多时，不知该不该讲。"

松赞干布见以往心直口快的叔父此时言辞犹豫，淡淡一笑，说道："叔父不必担心，直讲便是。"

"自从赞普出兵松州，诸家臣颇有微词，几位大相相继殒命，上下恐慌，现在军队被袭，更是损失惨重。中原土地肥沃、物产丰富，远不是吐蕃可比。更何况大唐皇帝戎马出身，与您一样精通用兵之术，与大唐为敌，恐对吐蕃不利。"论科耳说道。

听了叔父的话，松赞干布不由得叹了一口气："松州被袭，实是我大意。征服吐谷浑让我心生侥幸，以为凭借吐蕃铁骑可以打败任何人，现在看来，此事过于鲁莽了。"

"既然赞普已经想通，我认为此时修复与大唐的关系也未尝不可，经过松州一役大唐也不敢小看吐蕃，而中原一向奉行'以和为贵'，倘若我们现在派出使者，与唐议和，或许可以免去战祸。"

论科耳的这番话，使松赞干布陷入了沉思。

对松赞干布来讲，现在的局势是他未曾经历过的。以往，他平定内乱、征讨他方都是出于维护吐蕃的目的，自然能够得到子民拥护。而这一次，情况却大不相同。当时的吐蕃已然统一，与边邻相安无事，经历战乱、分裂割据的子民最迫切的愿望便是休养生息，安居乐业。

思绪仿佛一团找不到头的麻线，丝丝缠绕。这些士兵与他出生入死，南征北讨，如今却埋骨异乡，想到这些，松赞干布心头隐隐作痛。也许，是时候回家了。通过战争无论是向大唐展示自己的力量，还是向大唐施压，他的目的都达到了。也许叔父说得对，自己是时候卸下身上沉重的铠甲，将吐蕃从战火中拉回，将子民从绝望中拉回。于是松赞干布转变态度，调整对唐政策。随后，禄东赞出任大相，主臣都希望吐蕃走出当前的困境。

《旧唐书·吐蕃传》中对禄东赞有这样一段记载：“虽不识文记，而性明毅严重。讲兵训师，雅有节制。吐蕃之并诸羌，雄霸本土，多其谋也。”与前几任大相不同，禄东赞极力主张四邻交好，他既不像尚囊一样因为战争于己无利而反对东进，也不像琼波·邦色一样垂涎中土而贸然进军。相比之下，这位吐蕃大相更懂得如何辅佐赞普、体恤百姓。

松赞干布给予了禄东赞极大信任，在两军对垒、形势危急之时，派遣禄东赞前往长安，与大唐议和。

前方的战火还在星星点点地燃烧，吐蕃大相已收拾好行囊向长安进发，他身上背负的是议和的重任，以求达到休战的目的，他更要考量如何为吐蕃保留应有的颜面与威信。只有这样，才能不负赞普厚望。

木箱中盛着满满的黄金，各种珍宝陈列其中，松赞干布为了表明诚意，特意挑选吐蕃的国宝——一件镶刻着朱砂宝石的金甲——赠予大唐皇帝。

带着赞普的使命和吐蕃子民的祈盼，禄东赞来到了繁华依旧的长安城。前路漫漫，禄东赞心中却比以往任何时候都更加笃定，身后苍茫的雪峰渐行渐远，远方的晨光却越发明亮。

唐朝皇帝的允诺

为了向大唐表示议和的诚意，松赞干布下令军队撤离松州西境，士兵们拖着疲惫的身躯踏上了归家的路途。战争早已耗尽了战士们的心力，此时的他们只想回到家中喝上一碗母亲亲手煮的奶茶，聆听夜风吹过高原的声响。

回到逻些的赞普总是寝食难安。禄东赞的队伍已经走了近半月，不知他们此次前往大唐能否一切顺利。他将吐蕃的命运和荣辱都寄托在这位重臣身上，但愿自己可以得偿所愿，既能得到大唐皇帝的谅解，又能成就联姻之美。

可是转念一想，事情却远没有这么简单。大唐强盛，自己一时冲动必然惹怒对方，万一对方耿耿于怀，那么对吐蕃来讲后果不堪设想。他不仅可能面对求亲失败，更可能无法与唐交好，接触自己梦寐以求的大唐文明。想到这些，松赞干布更加心神不定。

漫长的黑夜，赞普辗转反侧，时而失落，时而期待，无数种设想在脑中一遍遍划过。最后他在疲惫中睡去，却也只是浅浅一觉。

天际微亮，整个逻些城在朦胧的晨光中显得格外安静，松赞干布起身走出房间，俯瞰自己一手建造的高原之城让他感到无比心安。他的眼睛望着远方的路，总是期盼有一天禄东赞的出使队伍，会从太阳升起的地方归来，带回自己最期盼的消息。

此时，历尽奔波的禄东赞终于来到了长安城。对于吐蕃使者来朝，唐太宗早就做好了准备，松州一役，让他不得不对这个雪域高原上的政权刮目相看。他亲自接见了吐蕃使者，希望知道这位敢于和大唐对峙的赞普内心真实的想法。

以禄东赞为首的一众吐蕃使者来到了大殿之上，恭敬施礼："得蒙陛下召见，我等深感荣幸，请允许我向您施以大礼，以表达尊敬之情。”

见吐蕃使者如此知礼节，唐太宗便命人赐座：“吐蕃使者曾经来到长安，朕亦以礼相待，派遣使臣回访吐蕃，为何吐蕃会与大唐兵戈相见？”

禄东赞赶忙上前解释道：“陛下有所不知，赞普即位以来一直仰慕中土文明，希望与大唐交好，因此才会不远千里派遣使者出使大唐，得知许多臣属得蒙您的恩典赐婚，便希望与大唐和亲，促进唐蕃之谊。求亲之心，一片赤诚，不想却被拒绝。赞普乃是性情中人，一时冲动便陈兵唐蕃边境，实属无心之过，望陛下原谅。”

唐太宗是一个开明的君王，于是对禄东赞说：“既然吐蕃已然前来讲和，朕也不再追究以往之事。”

见皇帝脸上不再那般严肃，禄东赞明白皇帝已经被自己说动，于是他趁热打铁，接着说道：“素闻皇帝陛下明事理、通人情，今日一见，果然如此。既然陛下已经对松州之战释怀，也谅解了我们赞普的冲动之举，不如再给吐蕃一道恩典，准许赞普的求亲。”

唐太宗听了禄东赞的请求，忍不住打量眼前的吐蕃使者。禄东赞坚毅的眼神、不凡的谈吐让唐太宗心生赞赏。他想到松州一役，唐军也蒙受一定损失，现在吐蕃主动请和，不如应允了这门婚事，或许还可以化敌为友，巩固大唐的西南边陲。

“朕原本以为吐蕃求亲只是一时兴起，既然吐蕃对于求亲之事如此执着，朕就准了！”唐太宗说道。

听见皇帝陛下的允诺，禄东赞赶忙叩拜：“臣代赞普谢过陛下恩典，能与大唐联姻实乃吐蕃之幸。”语气中难掩喜悦。

数十天的奔波终于守得云开见月明，初任大相的禄东赞不仅为吐蕃免去一场祸乱，更为赞普争得众人艳羡的异域姻缘，无论是对自己还是对噶尔家族来讲，这都是无上的荣耀。

千年之后，当西藏沐浴在文明之光中，人们感激于这场姻缘，它不仅为这片土地带来了新的生机，更开启了一个属于雪域民族的新篇章。

禄东赞的智慧

宴会过后，禄东赞辞别唐太宗，回到驿馆。

多日来，他每天都为了联姻之事忙碌，居住在驿馆中也有半月之久，却从未来得及细看。柔和的月光下，一切都如同蒙了一层薄纱，朦胧却显得更加妩媚。湖畔凉亭的倒影，此刻也如画一般。

拖着疲惫的身子，禄东赞走过长廊，细细地看着檐角精美的雕刻、神秘的图案，感慨于中原建筑的细心雕琢，倘若如此精湛的技艺可以传到吐蕃，那赞普的宫殿必定是另一番模样。

稍事歇息的禄东赞立即派副使止塞汝恭顿将联姻成功的消息送回逻些，自己则留在长安准备恭迎公主。此刻，他仿佛可以看见赞普听到这个消息时脸上的笑容。夜风沉醉，化作一曲霓裳曲，袅袅动人，禄东赞终于在异乡的床榻上安然入睡。

而此时的唐太宗却陷入了进退两难的境地，答应了吐蕃使者的请求原本只是想给吐蕃一个恩典，不想却引来了争端。当时，除了吐蕃，希望与唐朝结亲的还有波斯、格萨、霍尔、天竺，他们的使者都带着大批的金银财宝守在长安，希望得到赐婚。一时之间，其他使者争论不休，都希望得到大唐皇帝的应允。

在这种情况下，唐太宗不得不为求亲者设置重重障碍，以便让各地使者可以心悦诚服。睡梦中的禄东赞还不知道他将面临更为严苛的考验，只有靠智慧打败所有敌人，他才能成功地为赞普迎回公主。

天已大亮，禄东赞准备起身，皇帝的圣旨早已下达。唐太宗召集了各地使者，在大殿之上布下了六道考题，让使者们一一破解，最先做到的便可迎娶公主。

第一道题，用极细的丝线穿过九曲明珠。

第二道题，找出一百匹马驹和一百匹母马对应的母子关系。

第三道题，要在一天之内喝完一百坛酒，吃掉一百头羊，揉好一百张羊皮。

第四道题，辨认一根削去树皮的木头的根部和梢部。

第五道题，在宫内找到来时的路线，并顺利出宫。

第六道题，在三百位女子中找出真正的公主。

面对大唐皇帝给出的难题，各地使者议论纷纷，不知从何处着手，唯有禄东赞不慌不忙。就在大家颤颤巍巍拿着手中的丝线却穿不进九曲明珠时，禄东赞走到殿外的花园中捉起一只蚂蚁，将丝线绕在蚂蚁身上，将明珠的一侧涂上蜂蜜，蚂蚁闻到蜂蜜的香气，便顺着明珠的孔洞爬了过去。为了帮助蚂蚁顺利爬过，禄东赞在一旁向蚂蚁吹气，促使蚂蚁前进，不久丝线就顺利地通过了九曲明珠，大唐皇帝的第一个问题迎刃而解。

紧接着是辨认马驹和母马的母子关系。禄东赞知道要想成功辨别，必须利用小马驹和母马之间的母子天性。于是他派人将马驹关在圈中半天，不给任何食物和水，半天之后，被放出的小马驹纷纷奔向自己的母亲吃奶，母子关系也就不辨自明。在其他使者还在辨认每匹马的毛色时，禄东赞已经完成了第二道难题。

第三道题对吐蕃人来讲完全小菜一碟。禄东赞让侍从们一字排开，将肉分给他们，然后他们配着酒吃肉。侍从们享受着美味，不知不觉就吃完了肉，喝完了酒，接下来就将浑身的力气用来揉羊皮，不一会儿就都完成了。由于每个任务都完成得井井有条，因此吐蕃使者房间中十分整洁，而反观其他使者的房间，早已一片狼藉。这一题又是吐蕃最先完成。

第四道题对博闻多识的禄东赞来讲更是不在话下。禄东赞早就听说树木的根部结构更加密实，因此他命人将木头放入水中，根部由于较沉便很快没入水中，由此就分出了根部和梢部，第四道难题随之解决。

第五道题是找到出宫的路线，大唐宫殿殿宇林立、布局工整，对于初入宫殿的使者来讲如同迷宫一般。不过，心思缜密的禄东赞第一次进宫时害怕手下在宫中迷路，影响吐蕃在大唐皇帝眼中的形象，于是赴宴时便带着莲花灯，在路的两侧做上朱红和靛蓝的记号。当其他使者迷失于偌大的宫殿中时，禄东赞带着手下循着原来的记号很快便出了宫。

最后一道题是辨认公主。如果说前几次考验，禄东赞凭借自己的智慧便可解决，那么辨认公主则需要借助外力。对于从未见过公主的使者而言，在三百名女子中找出真正的文成公主犹如大海捞针，很多人束手无策。紧急之时，禄东赞心生一计，他暗中收买了一位侍女，侍女告诉他，公主容貌姣好、身材适中，紧张时常常眉眼微蹙，且额头上绘有朱砂万字花纹。有了侍女的提示，在三百人中找到公主便轻而易举。

禄东赞赶在其他使者之前，完成了所有任务。这个在大唐皇帝看来略显粗犷的吐蕃使者，居然拥有如此缜密的思维和惊人的智慧，这让唐太宗又一次刮目相看。禄东赞得到了赏识，被封为右卫大将军，同时唐太宗也下令挑选黄道吉日安排公主远嫁吐蕃赞普。

唐贞观十五年（641年），唐太宗任命礼部尚书李道宗为婚使，护送文成公主远嫁吐蕃。浩浩荡荡的队伍从长安城出发，一路向西，大唐的锦旗在风中飘动，与耳畔的风声相和。

那日的盛景，我们无从知晓，或许只能在历史的字里行间去寻找点滴痕迹，但是这丝毫不会减少此次唐蕃联姻的深远影响。

第八章

兼收并蓄：唐蕃古道上的文化质变

东起长安，途经甘肃、青海，一路到达逻些，古道绵延三千公里有余，从来不缺少故事的点缀。文成公主所经之处，日月山、倒淌河、水怪传说的传言纷至沓来，然而这个从未远行的探险家心中的笃定坚不可摧，瓷器、丝绸、佛经、医药占卜、天文历法等因她而来，她把它们种植在吐蕃的每个角落，双手合十，虔诚地期盼着它们的绝美盛放。

此次西行，有去无回

西行路漫漫，何时到归处。

远嫁的队伍早已出了长安城，文成公主却始终不敢回望身后，只怕回头的一瞬，所有留恋与不舍会瞬间将她湮没，这让她更深刻地认识到，长安城的繁华、车水马龙自此便与自己无关。

据史书记载，文成公主是江夏王李道宗之女，原名李雪雁。唐朝时期，和文成公主一样，众多宗室女被封为公主远嫁他乡，成就唐朝与四邻交好。

“此去西行，有去无回”。这是其父李道宗在她临行前说的话，文成公主始终记得。对于前路的恐惧、对于至亲的思念，此时都化作无言的泪水，洒在悠长的唐蕃古道上。

对于吐蕃，生活在中原地域的人们知之甚少，只能从过往商旅的口中得知，那是一片被雪峰与冰湖割据的大地，高寒的气候、贫瘠的土地远不如中原的四季分明、物产富饶那般让人神往。

《西藏王臣记》中，尺尊公主出嫁前，曾有过这样一段记载：

嗟夫唯一我父王，闻听蕃民种下品，愚昧边鄙佛未践。
无有供境培福境，无佛四众贤良僧，法与非法辨不明。
嗔心恶意罗刹种，灵而懒惰猕猴根。
如今我儿去边土，父所供养释迦佛，
与及弥勒和度母，请赐儿作培福处。
所谓吐蕃饿鬼城，佛亦早言饥渴乡，请多赐予宝库藏。

有雪邦土寒冷域，请赐终生温暖服。

在彼生疏人聚中，我之行仪应如何，唯一父王祈教我。[1]

泥婆罗地处吐蕃南面，彼此交流甚多，无论是使者来往还是商贸往来，都便于与吐蕃之交。然而，对于吐蕃，尺尊公主尚且充满不安，何况文成公主。

对于当时的唐朝人来讲，传闻吐蕃不兴佛教、人民粗野、不受教化，与长安城可谓天壤之别，文成公主的出嫁仿佛一场有去无回的远行，未知的恐惧萦绕在每个人的心头。

为了宽慰公主，唐太宗说道：

吁嗟女儿汝其听，所谓吐蕃有雪邦，其土优异有如是。

雪山自然宝塔形，任运天成最胜地。

四湖状若玉曼达，四大平原如上供。

四江四河天然生，山高地净雪岭颈，吉祥如意万字图。

他邦皆人作君主，神作藏王真希有，四邻邦君咸敬服。

法王松赞干布者，菩萨化身有六人，诚为众德齐备王。[2]

这一席话让文成公主的心稍稍踏实了些，虽然仍有重重担忧，但是相信在佛陀的庇佑下，一切厄难必能化解。

细心的文成公主出发前，还找到了吐蕃使者禄东赞，希望从他那里了解吐蕃的自然风光、风土民情。禄东赞耐心地为公主解答困惑。

公主听后，心中大喜，原本的忧虑开始逐渐散去。文明的误解往往让人心生恐惧，然而当一个人学会敞开心扉，主动靠近、接纳异己文明，一切便会豁然开朗。与禄东赞的接触，让原本心有疑虑的文成公主，在到达吐蕃之前便对

①五世达赖喇嘛著，刘立千译注：《西藏王臣记》，北京：民族出版社，2000年版，第19页。

②同上，第21页。

那里有了憧憬。

父亲李道宗名义上担任婚使，实则是送女儿出嫁。李道宗奉命将女儿远嫁吐蕃，只是希望一路的陪伴能稍稍减少女儿的思乡之情，也希望尽可能地帮助女儿顺利踏出未知旅程的第一步。

文成公主就这样随着送亲队伍出发了，马车上明黄的幔帐、华美的纹饰在夕阳的余晖中，散发着别样的美丽。

虽出身娇贵，文成公主却有着超越常人的坚毅与智谋。正是这些力量支撑着她历经万险，带着大唐的荣耀，来到遥远的吐蕃，播撒福音。

身后的长安城逐渐模糊，直到再也分不出轮廓，文成公主才恍然，长安的一切已是前尘，她是大唐皇帝的文成公主，这个身份将伴随她的余生，为她在遥远的雪域开启一段新的旅程。

日月山的传说

“尼玛达哇”是日月山的藏语名称，这座坐落于青海省湟源县西南的山峰，因一个美丽传说而得名，更因一位唐朝公主而被人铭记至今。当络绎不绝的人们沿着蜿蜒的唐蕃古道赶到这里，只为寻找千百年前的记忆时，这里早已成了一个令人神往的所在。

日月山，古称“赤岭”，因山峰通体赤红而得名。这里不仅是唐蕃古道的必经之路，更是一道天然的地理屏障，分割着青海的农牧区。日月山的东侧民居瓦舍、良田阡陌，被誉为塞上江南；西侧草原辽阔、牛羊恣意，一幅塞外之景。

传说，当年文成公主随着送亲队伍来到日月山，站在海拔三千五百米的山顶，不禁流下了眼泪。这里是吐蕃和中原的分界线，跨过这座山，她便彻底地离开了富饶美丽的中原，身后的湟水河谷和两岸丰腴的田野，成了她对中原生活最后的记忆。

离开长安越久，思念也越来越浓。相传，文成公主在行囊之中找到了临行前燕德妃送给自己的宝镜。燕德妃告诉她，若是想念长安和亲人，只要拿出宝镜便可看到自己想见的一切。然而，当她孤身一人站在唐蕃边界时，镜中只有她涟涟的泪痕和斑驳的脂粉。

文成公主回过神来，镜中那个哀婉懦弱的人是自己吗？曾经的她在皇帝面前不是如此笃定吗？现在为何又要退却？于是，她用尽全力将宝镜抛了出去，宝镜在空中划出长长的弧线，最后“嘭”的一声，落在了山崖上，化作日、月两座山。

破镜无法重圆，远嫁吐蕃之心亦不会动摇，文成公主再也不会望着镜子发呆，留恋早已过去的前尘往事，此时的她只需要坚定信念，走完剩下的路途。

从此，赤岭亦得名日月山。

唐蕃古道上的传说远不止这一个，就在日月山的不远处，有着一个神奇的景观，那就是倒淌河。它发源于日月山西麓的察汗草原，这个位于海拔三千三百米高地的河流，全长四十多公里。与当地的大部分河流不同，倒淌河自东向西流淌，东起日月山，西至青海湖，倒流而上，可谓奇观。

如今，在当地牧民的心中，这条河温婉绵长、河面平静、从无波涛。倘若你好奇地驻足在这里，总会有藏族阿妈走过来告诉你，河水是文成公主的眼泪，涓涓而过，润养着大地。

传说，文成公主一行人走过日月山时，公主淌着泪，边走边回望身后，泪水洒落在山脚，汇成河流，随着公主一路向西而去，便成了倒淌河。河水流过，发出叮咚之声，犹如一阵低吟，更像是呢喃私语，诉说着那些哀婉动人的故事。

如今的倒淌河河岸绿草茵茵，牛羊成群。它因一段故事与世人结缘，更因人们对于历史的怀念而被人铭记。

当地的百姓用他们特有的方式，怀念着第一位远嫁而来的唐朝公主。或许我们都明白，这一切不过是美丽的传说，然而它在人们的口耳相传中拥有了饱满而鲜活的生命力，仿佛一潭碧波，微风拂过便波光涌动、熠熠发光。

险恶的路途

从长安到逻些，路途遥远。

为了保障文成公主的安全，随行侍卫众多，队伍庞大，一路上行进得非常缓慢。落日的余晖铺洒在大地上，好似浮光涌动的金色海洋，美丽而妖娆。远处干枯的灌木孤零零地伫立着，像是等待，又仿佛低声啜泣。文成公主还未来得及感受周边景色，荒凉之意便迎面而来。

马车在崎岖的路上行驶，颠簸不已。文成公主望着车外的一切，心中不免烦乱。离开了熟悉的长安，她再也无法随父亲在骊山上狩猎，更无法在母亲面前肆意撒娇，今后，无论路途多么遥远，她都要一个人走完。

天色已晚，送亲队伍停下脚步，文成公主在帐中褪去了厚重的长袍，整理疲惫的面容，侍女将床畔的古琴置于案上，公主开始抚琴。

空旷的大漠无比安静，唯有悠悠的琴声回荡，一曲奏罢，众人无语，凄凉的曲调、哀婉的回旋令人悲从中来。

一夜匆忙的休整之后，队伍又重新出发。漫长的路途自然少不了故事的点缀，在唐蕃古道的沿路，流传着许多关于文成公主的故事，它们都是人们对这场联姻的遥远记忆。

传说，在送亲的队伍中，有一名叫作颠伦布的吐蕃使者，他本想把自己的女儿嫁给赞普，所以多次意图破坏文成公主的西行。当时的怒江既无桥梁，江中也无船只，送亲队伍无法前行。一心想破坏亲事的颠伦布终于找到了机会，他来到公主帐中说道：

“尊敬的公主殿下，前方就是怒江，江水湍急，这里既无桥梁又无船只，而且传说江心有水怪，看来我们无法渡江了。”

居心叵测的颠伦布以为自己的一席话可以吓坏这位涉世未深的大唐公主，让她知难而退，不想公主自有主见：“既然没有桥，我们可以造一艘船渡江，至于水怪只是传说而已，父皇将我嫁到吐蕃，哪有半途而废的道理。”

文成公主一席话驳得颠伦布哑口无言，她的勇敢、坚韧更是让在场的人感到无比钦佩。看着如此果敢的女儿，李道宗也终于放心，或许女儿本就是一株盛开在高原的雪莲，长安的温室反会消磨她原本顽强的生命。

众人砍下荆条、买来牛皮建造渡江的船只。三日之后，牛皮船便造好了。

怒江地势落差大，水流湍急，渡江并非易事。队伍便在江边停驻，直到有一天风和日丽、水流平缓，一行人开始渡江。然而，表面平静的江水实际上隐藏着无数的旋涡，当船只行至江心时，突然刮起大风，江中顿时波涛汹涌。传说一只船上载着红、黄、蓝、黑、白五色绵羊，船只被一个浪涛打翻，羊儿掉进江中，众人在公主的指挥下打捞落水的羊群，最后只救上了白色与黑色的羊。因此，今日的西藏便只有这两种颜色的羊。

在众人的努力下，送亲队伍终于平安渡过怒江，继续前行。颠伦布见渡江之事没能难倒公主，心有不甘，于是又生一计。赶在文成公主进入吐蕃之前，颠伦布率先回到逻些，面见松赞干布。

松赞干布见到颠伦布，心中大喜，问：“此次远赴长安，真是辛苦了，听闻一路上历经磨难，不知大唐公主现在如何？”

“微臣有幸前往长安是蒙赞普厚爱，不敢妄言辛苦，公主一切安好，赞普不用担心。”颠伦布答道。

“我与公主素未谋面，不过听禄东赞传回的消息，公主面若娇花、体形匀称、举止端庄，你与公主接触时日较多，公主果真如大相所言？”

“回赞普，中原女子皮肤白皙，又多受教化，自然貌美端庄，公主又生于皇室，自然出众，只是……”

见颠伦布犹豫，松赞干布赶忙追问：“只是如何？你不必害怕，尽管直说。”

“只是公主天生具有一股怪味，令人无法忍受。”颠伦布边说边用余光打量松赞干布。

听闻此言，松赞干布的脸色一下子阴沉起来。颠伦布知道，他的计谋得逞了。而此时的文成公主已经行至吐谷浑，等待着赞普的到来，然而听信了谗言的松赞干布却停在了吐谷浑与吐蕃的边界柏海，一时之间，送亲队伍不知该进该退。

文成公主在行馆之中受到了诺曷钵和弘化公主的热情招待，为此诺曷钵举办了盛大的宴会，邀请临近的羌族部落前来为文成公主洗尘。宴会上丰盛的食物、欢庆的乐曲，让人一扫多日奔波的疲惫。离家的文成公主，在异域第一次感受到了家的温暖。

曲罢酒尽，文成公主回到了住处，酒意逐渐消退，原本的热闹此刻也变得冷清。文成公主倚在床边，却浑身无力，从长安到吐谷浑，数千里路，她一步步走来，有过辛酸、有过无助，却从未如此迷茫。

蒙受皇恩，远嫁吐蕃的她，如今却不知何去何从。未来的丈夫，此刻驻扎在百里以外却迟迟不肯前来迎娶。文成公主苦思冥想，终究没有找到答案。

夜渐渐深了，侍女为公主端来炭火取暖，弘化公主又命人送来厚厚的斗篷，然而，无人知晓，对于文成公主来讲，天气的寒冷远不及她的心冷。

身着吉服的唐朝驸马

本是一场良缘，奈何几经磨难。

佛家讲求修行轮回，只有苦痛才能洗涤灵魂、褪去污浊。或许此时的厄难都是佛的考验。诚心礼佛的文成公主，决定坦然面对眼前的困境，等待阴云散尽。然而冥冥之中，一切早已注定，有些姻缘任谁都无法拆散。

或许是出于对公主的仰慕，或许是注定的夫妻缘分。松赞干布辗转难眠，床榻之上发出阵阵叹息，夜的冷气侵入赞普的内心，此时的他忽然意识到，自己的冷落也许早就被公主察觉，大婚之前的犹豫怕是让对方心寒不已。松赞干布猛地坐起，披上长袍走出帐篷。守夜的侍从赶忙来到赞普面前，为赞普拿来火把，恭敬地说道："夜色已深，不知赞普起来所为何事？"

"月已半圆，我们来到柏海已有半月之久，不知这半月公主何以度日。你马上带我的命令，赶去公主停驻之地，迎接公主，并告诉她我将在柏海建立行馆，迎接公主。"

侍从听了松赞干布的话，立即赶到马棚，挑选了一匹吐蕃良驹，顶着夜色出发。深夜的高原异常安静，唯有踢踏的马蹄声在旷野中回荡。

两天之后，侍从终于来到文成公主在吐谷浑的行馆，将赞普的旨意传达给公主。

停滞数日的送亲队伍重新出发了。

赞普的侍从早早地返回营地，向松赞干布报告公主一行的情况，言辞之中对文成公主极尽赞美，公主优雅的谈吐、清秀的容貌等都给侍从留下深刻印象，却唯独没有提及颠伦布所说的怪味。松赞干布耐心地听着侍从的叙述，才恍然发现事有蹊跷。

于是，松赞干布召见了颠伦布。在赞普的逼问下，颠伦布终于承认是自己捏造谎言。松赞干布大怒，狠狠地责罚了颠伦布。然而，此时的他羞愧大过愤怒，一向谨慎的自己竟然轻信了他人，以至于迟迟没有迎娶公主。面对自己的过失，松赞干布后悔不已。

现在他能做的补偿，就是用一场盛大的婚礼挽回文成公主的心。

柏海，由现称鄂陵湖和扎陵湖两个湖泊组成，地近黄河源。水质清澈，在蓝天的映照下湖水幽蓝。

如今，每当盛夏时节，这里便会聚了来自四方的游客。天空时而飘过朵朵白云，连绵起伏的山丘与一望无垠的湖水互相映衬，清丽中透着点点妖娆，让人沉醉不已。

遥想当年，在仙境般风景的映衬下，松赞干布迎娶了他美丽的妻子——来自大唐的公主。

这天，天气晴朗，风夹杂着湖水的气息徐徐吹来。在李道宗的陪伴下，文成公主身着华服，每一步都走得无比坚定。

松赞干布身着吉服，站在行馆前望着远方美丽的新娘，那一刻他的眼睛早已无暇顾及其他。文成公主举止端庄、气度文雅，与吐蕃女子截然不同。或许是公主不凡的风采，或许是来自大唐的独特风情，在那一瞬间，松赞干布感觉自己已然为眼前的女子倾倒。然而，这毕竟是雪域高原的赞普，他回过神，迈着稳健的步伐走向公主，李道宗将公主的手放到了赞普手中，两人执子之手，共成大礼。

《旧唐书·吐蕃传》中记载，赞普见后“既而叹大国服饰礼仪之美，俯仰有愧沮之色……谓所亲曰：‘我父祖未有通婚上国者，今我得尚大唐公主，为幸实多。当为公主筑一城，以夸示后代’”。

两人按照大唐的礼仪叩拜，松赞干布对李道宗极为尊敬，行子婿之礼。为了表示对大唐的敬仰，松赞干布还穿上了皇帝陛下所赐的衣物。自小生长在雪域高原的赞普第一次穿上中原衣服，在华服的映衬下，平添了几分英俊。

文成公主终于见到了松赞干布，完成了大唐交予的使命。一路的委屈与泪水混着甘甜的交杯酒，一饮而尽。她抬头望向自己的丈夫，这个皮肤黝黑、眉宇透着英俊的男人是她一生的托付。

在柏海停留的日子，成了两人初见的回忆。从陌生到彼此熟识，这对新人逐渐将真心交予对方。数日之后，文成公主辞别了大唐的送亲队伍，翻过巴颜喀拉山，驻留玉树，最后朝着逻些坚定而执着地走去。

此时的逻些城早已一片沸腾，人们期盼已久的大唐公主终于到了，无论贵族还是布衣百姓都站在道路两侧，欢迎着赞普和文成公主的归来。五彩的丝带在风中飘扬，欢快的乐律在空中回荡。

自此，这位吐蕃赞普与中土公主将相伴一生。他将竭尽全力给予她尊贵的地位和无尽的宠爱，而她将终其一生辅佐夫君，为他和他们的子民祈求现世的安稳和神灵的庇佑。

红山上的辉煌殿堂

在柏海之时，松赞干布曾允诺要为公主修建一座宏伟的宫殿以夸耀后世，在吐蕃工匠和大唐艺人的共同努力下，这座宫殿最终得以建成，红山之上崛起的辉煌殿堂，就是布达拉宫的雏形。现在的布达拉宫集宫殿、城堡和寺院于一体，是西藏最庞大、最完整的古代宫堡建筑群。

“布达拉”，原为梵语的音译，意思是观音菩萨所居之岛，因此，人们常常称布达拉宫是“第二座普陀山”。

同为一地之主，印度莫卧儿的皇帝沙贾汗为纪念自己的王妃修建了泰姬陵，这座用纯白色大理石建造的建筑，在琉璃、玛瑙的点缀与装扮下，成为人类建筑史上的一件完美艺术品。今天，当我们仰望这些建筑时，就会明白这不仅仅是一方之主的儿女情长，更是历史给予全人类的一份厚礼。

布达拉宫至今已有一千三百多年的历史，共有九位赞普和十位达赖喇嘛在此施政布教。如今的布达拉宫早已成为西藏的标志，这里不仅是所有藏族同胞心中神往的地方，更是西藏灿烂文化的象征。

然而，公元7世纪时，它还远不是现在的景象。

布达拉宫完工时，已有九百九十九间房间，加上修行室就有一千间。宫外护城河环绕，结构精巧，对于当时的吐蕃来讲，建筑工艺难能可贵。然而，人类历史上，伟大的宫殿往往是几经摧毁又几经重建，历经沧桑却依旧散发着迷人魅力。

布达拉宫之所以伟大，是因为它镌刻了太多的故事，寄托着太多的信仰。当人们攀着陡峭的山路，忍着艰难的呼吸，来到布达拉宫时，那份静穆足以震慑人心。

公元10世纪，吐蕃奴隶起义，起义的队伍攻进城中，焚毁了部分宫殿，而后布达拉宫又遭雷击，毁坏严重。松赞干布所建的布达拉宫，只留下了法王修法洞和观音佛堂两处建筑。我们现在所见的布达拉宫多为后世修葺和扩建。

清顺治二年（1645年），五世达赖喇嘛洛桑嘉措，为了进一步巩固政教合一的甘丹颇章政权，在第司索朗绕登的主持下，被破坏的布达拉宫得以重新修建，第司索朗绕登在原来的基础上重新修建了白宫的宫殿以及城门角楼。

清康熙二十九年（1690年），西藏地区最高行政官员第巴桑结嘉错为五世达赖喇嘛修建灵塔，并以此为契机扩建了红宫，清康熙三十二年（1693年）竣工。此后历代达赖喇嘛屡有增建，布达拉宫的规模不断扩大，直到1936年，十三世达赖喇嘛的灵塔殿修建完成，布达拉宫才形成了现在以白宫、红宫和附属建筑划分的格局。

白宫主政，红宫主佛，这是布达拉宫的基本格局。

白宫，作为达赖喇嘛的冬宫，是达赖喇嘛处理政务和日常起居的地方，整个建筑高七层，横贯布达拉宫两翼，因外墙白色，而被称为白宫。在白宫的顶层就是神秘的“日光殿”，殿中屋顶敞开，白日接受阳光照射，夜晚用布遮挡，就是达赖喇嘛的寝宫。

红宫，居于布达拉宫的中心，最主要的建筑是历代达赖喇嘛的灵塔殿。五座灵塔殿分别属于五世达赖喇嘛洛桑嘉措、七世达赖喇嘛格桑嘉措、八世达赖喇嘛强白嘉措、九世达赖喇嘛隆朵嘉措和十三世达赖喇嘛土登嘉措。五座灵台殿形制完全相同，规模却有所区别。最大的灵塔殿是五世达赖喇嘛的享堂西大殿，殿中装饰精美，石柱上雕刻着西藏特色纹饰、墙壁上的壁画更是栩栩如生。清朝乾隆皇帝亲手书写的“涌莲初地”匾额，更为这里增添了历史韵味。

作为世界上海拔最高的宫殿，布达拉宫庄严地耸立于红山之上，在人们惊叹的目光中，展示着藏族历史的辉煌。而这一切的肇始，则是一千多年前的唐蕃联姻。

如今，在拉萨的任何一个角落，只要你抬头仰望，便可看见这座气势恢宏的宫殿。鎏金宝幢和红色经幡，装饰着这座千年宫殿，强烈的藏式风格与巍峨险峻的红山犹如天成。碧蓝的苍穹、绵延的雪峰将这座红白相间的殿堂，衬托得犹如仙境。布达拉宫融合了吐蕃、天竺、中原的建筑风格，在不同文化的交融中，碰撞出独属自己的美丽。

人们感恩于千百年前的唐蕃联姻，更怀念于这场文明的远行。它不仅打破了高原的闭塞，更留下了传承千年的文化寄托。

和公主相守泽当的日子

柏海初见，文成公主便在松赞干布心里留下了难以忘怀的印象。回到逻些，他对文成公主更是宠爱有加，新婚燕尔的夫妻如蜜糖般甜蜜。

这场联姻虽然有政治成分，却并不完全如此。西藏的各种史料中，都记载着松赞干布与文成公主二人相敬如宾、举案齐眉的恩爱故事。在绵长的岁月中，威武的赞普与温婉的公主之间有太多令人难忘的瞬间。

初来逻些的岁月是二人最甜蜜的时期，松赞干布放下繁忙的政务，每日陪伴着公主，带她走遍了红山的所有角落，为她讲述着这里曾经发生的故事。

多年以来，松赞干布未曾这样将内心完全向另一个人敞开，权力的角逐、政治的游戏让他变得城府极深，而面前这个端庄却不时透出些许稚气的女子，像一缕春风吹进了他的心里。

他们分享过往的生活，在对方新奇的眼神中，讲述彼此看来都有些陌生的世界。生命的交集越来越多，两人在对方心中的分量也就越来越重。

寒冬已过，万物复苏。高原的春天，远没有中土的繁茂，无法一夜之间蔓延绿意。相反，这里的春天来得安静而又不失美丽，星星点点的绿色，让人有时间可以慢慢感受植物破土、枝芽萌生的细腻。这是文成公主在吐蕃的第一个春天。

一日，文成公主与侍女在逻些城中散步，无意间听到两个吐蕃姑娘提到雅砻之地，公主赶忙上前，问道："两位姑娘从雅砻河谷而来？"

二人一见是文成公主，赶忙行礼，回答道："回公主，我们从雅砻河谷而来。"

雅砻河谷，这是文成公主曾经无数次听赞普提起的地方。

“雅砻河谷是不是非常美丽？赞普总说雅砻河里都流淌着蜜糖，牛羊成群，草场丰茂，这是真的吗？”文成公主问道。

两个姑娘听后，连连点头。

回到宫殿的文成公主找到松赞干布，说了自己对雅砻河谷的向往，希望可以一睹那片美丽的土地。

自从迁都以来，松赞干布从未回过雅砻河谷，泽当城的一切犹如前尘旧梦，回想起来恍如隔世。随着迁都逻些，吐蕃的实力与日俱增，伴随而来的便是永远都没有止境的政务。赞普之位像一台永远都不会停歇的机器，推着他不断往前，让他无暇去想念那个早已远去的故乡。

公主想去泽当的请求，让他忽然想起，自己是多么想念那个从小生活的地方，那里有他与父亲最美好的时光，也有他最怀念的童年。

于是，松赞干布当即做了决定，带着公主回到泽当。一来满足公主的好奇心，二来也借此机会回到故乡，再看一眼那里的一山一水、一草一木。

清晨，两人迎着高原的晨光出门，空气中的凉意在阳光的照射下，开始逐渐散去，马背上的铃铛发出“叮当”之声，和着树枝上的鸟叫，显得肆意而美好。

松赞干布与文成公主骑着骏马，沿着河边向前，两人不时相望，举手投足间充满默契。担心自小尊贵的文成公主会感到疲惫，松赞干布不时下马，与她坐在树下休息。

三天之后，两人终于回到了泽当。

人们得知赞普回来的消息，欢腾鼓舞，纷纷拿出自家酿的青稞酒和美味的牛羊献给赞普。看到了满脸喜悦的子民，松赞干布有说不出的激动。故乡在他的梦里出现了无数遍，看到故乡的子民如此拥戴自己，他不禁流下了感动的泪水。子民的爱戴，远比至高无上的权力让他感到温暖。

傍晚，人们架起篝火，围着火焰纵情歌唱、跳舞，火光闪耀在每个人的眼中。在一双双明眸中，松赞干布看到了吐蕃经久不息的生命力。

松赞干布与子民们把酒言欢，讲述着多年的经历。夜色已深，在子民的不舍中，他与文成公主回到了雍布拉康。宫殿仍保持着原来的面貌，在仆人的精心打理下干净整洁。

这是松赞干布多年以后回想起来仍能感到温馨、喜悦的夜晚。

第二天清晨，文成公主早早起身，为松赞干布准备了可口的食物。吃过早饭，两人便骑马来到河谷。

如今，雅砻河谷被称为藏族与藏族文化的发祥地，一首歌谣中曾说："经书莫早于邦贡恰加，地方莫早于雅砻，农田莫早于萨日索当，房屋莫早于雍布拉康。"足见雅砻河谷在西藏文明和历史中的重要地位。诸多的"西藏第一"，汇集在这片神奇的土地，无论是远处的雪山冰川，还是近处的田园草场，都凝聚着藏族人民对生活、对自然深深的敬畏。人文之美、自然之美都被镌刻在美丽的河谷两岸，成了一个民族永恒的回忆。

白日的雅砻河谷与夜晚截然不同，当青山退去了暗夜的清冷，便幻化成了鸟语花香的天堂。牧民们的帐篷飘来食物的香气，成群的牛羊走过河谷，向河水尽头走去。

湛蓝的天空，犹如泼洒了油墨般浓郁，蓝得让人沉醉。习惯了繁华街市的文成公主，第一次感受到了田园的安静与古朴。

松赞干布望着坐在一旁的公主，温暖的阳光照在公主的面颊上，映射出他从未见过的美丽，这一刻的松赞干布仿佛沉浸在从未有过的幸福之中，像灌下了最烈的青稞酒，有些眩晕，却又有着说不出的满足。

此时的赞普与文成公主如置身诗中之境，谈天说地，无忧无虑。

松赞干布仿佛挣脱了赞普身份带给他的束缚，与公主如同一对平凡的夫妻，过着平淡的日子。

不舍的离别

日子在白昼与夜色中轮转，当松赞干布与文成公主再次从清晨的鸟鸣中醒来时，半月时光已从两人的浓情浅笑间流过。

十几天的时光，成了彼此最美的回忆。松赞干布对这里有太多的回忆与不舍，也有太多的故事要与心爱的人分享。

当时吐蕃与中原相比，无论是农业还是手工业都落后许多，文成公主来到吐蕃之前，吐蕃的纺织极不发达。文成公主不仅带来了技艺高超的纺织艺人，更是亲自教授这里的人纺织。

在公主的细心传授下，河谷周边的许多妇人都学会了纺织、刺绣。她们用五彩的丝线编织出色彩艳丽、花样繁复的毯子，毡帐中也因有了这些装饰，而变得更加美丽。

这天，文成公主与几位阿妈在一起编织毯子，松赞干布走到帐外，对公主说："来了泽当也有些时日了，我想带你去一个地方看看，你一定会喜欢。"

松赞干布言语中的神秘，一下子吸引了文成公主。她告别阿妈们，与赞普骑马前往他所说的地方。

马儿纵情奔跑在河谷边。一路走来，顺着河水的方向，原本宽阔的河谷，变得越来越狭窄，然而穿过最窄的地方，眼前便出现了一片开阔的绿洲。与泽当周围相比，这里更像世外仙境，宁静而悠远，静心聆听仿佛能听到虫子的叫声。

这是文成公主从未见过的美丽，也是松赞干布的桃源，童年时的他常常在这里骑马、诵诗，在世间最宁静的地方放空自己。两个人在这片原野中，漫无目的地走着，直到日暮低垂，才骑上马回到城中。

多日相处让两人的距离越来越近，他们从陌生到熟识，从熟识到相知，日益浓厚的情感，让两个年轻人日日相伴，形影不离。

而此时的逻些城中，群臣开始躁动不安。赞普多日未归，积累了太多政事，每日奔走于逻些与泽当的信使不足以应付眼前的情况，于是大相禄东赞前往泽当，劝说松赞干布回逻些。

松赞干布绝非一个贪图享乐、儿女情长的赞普，只是眼前的诗意田园让为权力奔走良久的他，感到无比惬意。禄东赞的到来，让松赞干布猛然惊醒，未等这位大相细说，他便决定次日返回逻些。此时，文成公主也意识到多日停留泽当确实不妥。泽当的美丽让她不忍离去，赞普的宠爱又让她心有不安。每日陪伴自己，赞普必然无法专心政务，长此以往，群臣不满，子民积怨。想到这里，文成公主无法平静。于是，当众人都准备回程时，文成公主来到松赞干布的面前，说："我听侍从说，赞普明早便要动身，返回逻些，不知是真是假？"

看到文成公主，松赞干布严肃的脸上瞬间有了笑意："是真的，逻些城中事务繁多，禄东赞今日前来劝我回城，事发突然，还未来得及和你说。"

"我远嫁吐蕃，是希望为吐蕃带来繁盛，这些时日在赞普身边反而让你分了心，所以我想请求赞普，让我在泽当多住些时日，以便赞普安心处理政事。"文成公主说道。

听到这里，松赞干布有些不知所措，文弱的公主面对政事有着男子一般的远见，只是他仍不舍得将公主留在泽当。他说："公主不必担心，回到逻些，我自当专心政事，把你一人留在这里，我实在放心不下。"

"赞普不必担心，泽当城的子民待我犹如亲人，我在这里可以照顾好自己。"

松赞干布还想说些什么，却被公主的坚定打动，尽管心中有再多不舍，他也要忍痛放下。

第二天，天还未亮，松赞干布便踏上了返回逻些的路。他命人不要吵醒文成公主，却不料公主早已起来，静静地目送他离去。

泽当城外的路，绵延数十里，对松赞干布来讲，每一步都走得很痛，他不忍回头，怕多看一眼就再也无法前行……

第九章

慧根觉醒：给吐蕃政权加持的第一人

这一切似乎是佛陀的安排，泥婆罗尺尊公主、大唐文成公主摆脱种种自然和身份的羁绊，赶来与松赞干布相会，点醒松赞干布和这片高原沉睡已久的佛缘慧根，给他带来了更为通透内化的人生智慧。在文成公主丰盛奇异的陪嫁物中，有一尊释迦牟尼十二岁等身金像，它后来被供养在大昭寺的金殿上，接受世人的瞻仰。

使命的神谕

漫长的人类历史长河中有众多的文化瑰宝，也留下了大量的精神财富。宗教让人相信物质世界之外，还存在着另一个精神世界。

世界上的宗教派别众多，有的倡导出世的超脱，有的讲求入世的智慧，都对人们的生活产生了重要的影响。

被称为“世界屋脊”的青藏高原，始终蒙着一层神秘的面纱。冰峰林立的雪域风光、宏伟壮丽的布达拉宫、静谧幽深的罗布林卡，早已凝结成西藏独特的符号。来到西藏，每走一步仿佛都是一场修行。

每年的藏历四月十五是西藏最盛大的节日——萨噶达瓦节，这一天正是佛教创始人释迦牟尼诞生、皈依和圆寂的日子。藏语“萨噶达瓦”便是“佛日”的意思。

在这个当地传统的宗教节日里，藏族同胞身着盛装，带上精心准备的食物，前往布达拉宫后的龙王潭。广阔的高原上，成群结队的百姓朝着同一个方向进发，同样的步调、同样的虔诚，化作一道神奇的风景，在蓝天大地的映衬下，显得神圣而肃穆。

龙王潭周边搭起了色彩斑斓的帐篷，摆上了酥油、糌粑和青稞酒。在这里，人们将信仰寄放在佛堂寺庙，用以洗涤灵魂，净化心灵。

来到西藏，你会发现这里的一切都打上了佛教的烙印，无论是漫山遍野大大小小的寺庙，还是身着长袍游走诵经的僧人。

千百年来的宗教传承，使藏传佛教成了佛教庞大的一支，在这个充满信仰的地方，佛早已成为人们生命的依托。然而，千年之前，佛教对于这一方土地和人民来讲，却是一个神秘而陌生的信仰。

佛教进入西藏之前，人们信仰雍仲苯教，这是西藏地区土生土长的宗教，在当地有着巨大的影响力。《塞尔米》中记载："雍"为不生，"仲"为不灭，"苯"为佛法，雍仲苯教即为达到不生不灭境界的佛法。这种宗教，起源于象雄，因此常被称为象雄佛法。

在文明的源头，原始信仰往往与文化相伴而生，雍仲苯教也不例外。西藏的一些天文历法、音律歌舞、绘画雕塑、藏医药都与之有着千丝万缕的联系。

作为一种土生宗教，雍仲苯教渗透到人们生活的方方面面，无论是地方政事、祭祀仪式，抑或是婚丧嫁娶、驱灾辟邪、吉凶占卜。因此，在整个高原，雍仲苯教占有重要地位。

演变过程中，雍仲苯教逐渐发展出三个教派：

产生于德赤赞普时期的笃苯派，其创始人是卫翁雪纹地区的一位名叫汝辛的法师。传说，汝辛法师精通祭祀、驱祸，可以与鬼神交流，懂得召唤灵魂。因此笃苯派主要特点便是笃信鬼神之说，钻研占卜之术。

随着雍仲苯教的发展，产生了第二个教派——洽苯派。止贡赞普被杀后，其子布德贡杰继位，对叛变者进行了镇压，而这些叛变者大多是雍仲苯教教徒。为了缓和雍仲苯教与当权者之间的关系，笃苯派从克什米尔、勃绿、象雄三地请了三个雍仲苯教高僧。然而，三位雍仲苯教的僧人创立了洽苯派，冲击了原本的笃苯派。当雍仲苯教与赞普的纷争结束后，洽苯派便取代了笃苯派，逐渐在吐蕃兴盛起来。

吐蕃政权建立以后，随着佛教的渐渐传入，雍仲苯教为了摆脱佛教的压制，开始扩充教义，翻译了许多宗教典籍，以此与佛教抗衡，便产生了觉苯派。

这就是雍仲苯教早期的发展历程。

雍仲苯教的法师们在生活中起着重要作用，相传，他们"上观天象，下降地膜""指善恶路，决是非疑""纳降求福，祷神祈药"，无所不能。

然而，宗教不是一个孤立的存在，它与文化、政治息息相关。欧洲中世纪有许多国家都采取政教合一的制度，国家政权与宗教合而为一。教皇不仅是宗教首领，也是政治首领，决定一切国家事务。教义教规更被提升到国法的高度，约束着全体人民。中国历史上的统治者也一度将宗教作为政治依托，用以教化人心，盛唐时期的佛教便是典型代表。

在生产力低下的时期，遥远的雪域诞生了雍仲苯教，然而随着社会发展，吐蕃政权日益强盛，这种宗教的弊端也开始显现。

雍仲苯教的产生源于当时的社会发展状况，人们的生产生活受到自然的制约，对自然充满敬畏，因此在雍仲苯教的教义中，多是反映人与自然之间的关系，引导人们如何祈祷神灵，降服鬼魔。古朴而缺少哲理的教义，随着生产力的发展，逐渐失去了对人的约束功能，同时也无法满足统治者的需要。

另外，雍仲苯教并没有一个统一的教团，雪域高原上大大小小的部族有上百个之多，每个部族内部的雍仲苯教各不相同，宗教的神只与本部落的首领相关。在“万物有灵”观念的影响下，雍仲苯教所信奉的神灵众多，彼此之间又无上下之分，因此“诸神平等”的观念十分明显。松赞干布时期的吐蕃，进入了空前的强盛，疆域辽阔、生产发展，这一切都需要一个强有力的集权机制作为保障。建立等级分明的权力体系和官爵制度成了巩固吐蕃政权最锋利的剑。

当松赞干布合拢双手，望着吐蕃以外广阔的疆域时，他知道他需要一个法宝，引领着吐蕃政权继续向前。

佛门的召唤

当内部平叛和军事扩张已然完成时，松赞干布最关心的便是建立平衡的权力体系。两位公主的到来，为他的政权带来了新生机，更让他感受到了异域文明的智慧。

他循着尺尊公主与文成公主的脚步，感受到了佛门的召唤，悠扬的颂赞礼佛之声引着他走向一方新土地，不仅带给他心灵的安宁，更给了他治理的权杖。

地处吐蕃南边的泥婆罗乃佛教圣地，相传佛教的创始人释迦牟尼就诞生在其西南境的蓝毗尼，因此泥婆罗成了佛教最早流行的国家。尺尊公主更是虔诚的佛教信徒。

《贤者喜宴》中记载，尺尊公主来到吐蕃时，“坐在一只高贵的巨象之上，手捧自成旃檀度母佛像，其余两尊佛像迎奉在巨象后面的凉龛之中”。这三尊佛像是吐蕃最早的佛像。

来自喜马拉雅南麓的尺尊公主犹如佛的使者，把佛教的光芒第一次播撒在雪域高原，让松赞干布第一次感受到了佛法的神奇。然而，真正将松赞干布引入佛门的则是文成公主。

盛唐时期的长安城，可谓是佛教的圣地，都城周边寺庙林立，僧侣众多。唐朝繁华的生活造就了民众闲逸、洒脱的生活方式，不仅达官贵人信仰佛教，就连平民百姓也诵经念佛。

文成公主出身宗室，更是接触了众多高僧，深受点化。来到吐蕃以后，文成公主依旧虔诚，日日诵经，以求佛祖庇佑，降福吐蕃。

一日，文成公主在寝室之中诵经，忽闻外面传来一阵仓促的脚步声，公主便命侍女前去查看。侍女回来禀明公主，原来是赞普与众臣商议完事情过来，为政事烦忧，因而步伐仓促，心神不宁。

公主听过后，默然不语。片刻之后，她来到床前，从一个精美的宝箧中取出一串佛珠，持于手中，往赞普的寝室走去。

此时，松赞干布伏在案上，叹息连连。文成公主来到赞普身边，帮他整理书案。看到公主，松赞干布的脸上终于有了一丝笑意。

“赞普日日为政事操劳，也要保重身体。我一介女子，无法为赞普分忧，心中愧疚。”

听见公主自责，松赞干布忙说：“公主能不远千里来到吐蕃，已是对我最大的支持，公主不必自责。”

“在长安时，每当我被琐事烦扰，我便诵读佛经，以求宽慰。这里有一串佛珠，是我出嫁之前父皇所赠，希望我日日诵经，为吐蕃祈福。现在我把它送给赞普，倘若遇事烦闷，便可与我一同诵经，心中自会平和许多。”文成公主将手中的佛珠递给了松赞干布。

松赞干布接过佛珠，檀木的香气早已在空中弥散，他学着公主的样子捻动佛珠，感受每一颗珠子在手中的转动，在佛珠轮回中，原本烦躁的内心逐渐平静。

自此，每逢闲暇之时，松赞干布便与文成公主一起诵经，有时还会翻阅文成公主带来的佛教典籍，请公主为他讲解佛法的精妙。

随文成公主一同来到吐蕃的，除了精通各种技艺的工匠、高人，还有佛教高僧。在文成公主来到吐蕃以前，吐蕃没有出家为僧的先例，最早的僧人便是文成公主乳母的两个儿子。他们通晓佛理，精通梵文，之后，前往泥婆罗求法，归来后更是为贵族和百姓讲授佛经，为佛教在高原的传播做出了重要贡献。

在雍仲苯教弊端渐渐凸显之时，拥有完整教义和体系的佛教开始渗入到吐蕃政权之中，两位公主犹如佛的使者，带着松赞干布走入了佛门，让佛教逢着高原和煦的春风走进了吐蕃子民的毡帐，感化世人。

释迦牟尼等身像

今日拉萨的大昭寺、小昭寺内，供奉着珍贵的释迦牟尼佛像，来到拉萨的人必定来此叩拜，祈求安乐。这两尊珍贵的佛像几经流转，颇有故事。如果说佛像的到来是佛祖与藏族人民的缘分，那么这缘分背后则是松赞干布对佛的虔诚和执着。

相传，为了让佛祖的相貌得以保存，以供后世朝拜，人们铸造了佛祖的等身像。

打造佛像之时，释迦牟尼的姨母在旁指导，姨母对释迦牟尼自来悉心呵护，所以对佛祖的神情相貌、眉眼表情都了如指掌。她尽自己最大的努力，指导工匠们还原佛祖的相貌。《西藏王统记》有云："姨母波阇波提言，世尊八岁时，身高如蓝毗尼园之台座。斯后，即其右手食指内屈，作结印之相，迨十二岁时，则其足抵舍卫城之门阈，头触其门相，有如是等身量云云。"因此，释迦牟尼八岁等身像和十二岁等身像都与本人十分神似。

然而，如此珍贵的佛像是如何越过绵延的雪峰，来到风光旖旎的雪域呢？其中的故事流转千年，至今仍为西藏人民津津乐道。

相传，佛像铸造完成后，释迦牟尼亲自为自己的等身像开光。金色的佛光犹如漫天的鲜花四散开来，人们沐浴在佛光之中，感受着佛祖的恩泽。

开光后的佛像，藏于印度金刚座寺。天竺法王达磨波罗在位时，天竺遭遇外敌入侵，便向中土求助。当时的汉皇派人为天竺送去了珍贵宝物与智慧诫言，最终达磨波罗击溃外敌。为了表示感谢，他遂将释迦牟尼十二岁等身像赠予汉皇。

释迦牟尼八岁等身像，据史料记载，最初供奉在波斯，之后被龙王目支邻陀迎到龙地，后来，龙王目支邻陀身染重病，四处求医，却不见起色，辗转数次，最终被泥婆罗国王所派的两位上座比丘医好。龙王目支邻陀大喜，为了表示感谢，他将释迦牟尼八岁等身像赠予了泥婆罗国。

数百年后，两尊佛像沿着绵延的古道，由文成公主和尺尊公主带到了吐蕃。

一个是文化繁盛、兼容并蓄的大唐，一个是佛法古韵、政教合一的泥婆罗，两处不约而同地赠予了松赞干布尊贵的释迦牟尼像。可以想见，松赞干布对文明的仰慕和虔诚，足以令人动容。

时光流逝，沧海桑田，两尊佛像成了吐蕃之宝，在寺庙中享受善男信女的朝拜和香火。

作为拉萨大昭寺、小昭寺的主神，释迦牟尼等身像是西藏佛教教徒的心灵寄托。

寺中的喇嘛总是告诉前来朝拜的人们，见到佛祖的尊像就如同见到了佛祖本人，他能引人向善，免受三毒之苦，更能普照佛光，点化众生。

这里的人们总是用自己的方式表达着对佛祖的虔诚和崇拜。每逢节日，人们都早早出发，来到拉萨，朝拜佛像。他们围着佛像不停地行走，口中一遍一遍诵读着佛经，在一次次的重复中体悟生命的沉静和轮回的永恒，世世代代，周而复始。

千百年来，无论气候多么恶劣，无论争斗多么残酷，人们始终笃信佛祖，相信佛祖能带给雪域真正的祥和。他们用肢体书写着信仰的力量，那份坚韧或许只有生活在雪域的人们才能领悟。

最终，所有的虔诚都归于两尊珍贵的佛像，殿中的佛陀双目低垂，默然含笑，似在沉思，又像在凝望。

赞普慷慨的馈赠

西藏扎囊县桑耶镇境内，有一座幽静的古寺，这就是西藏著名的寺院——桑耶寺，又名存想寺、无边寺，是藏传佛教的第一座寺庙。

桑耶寺修建于公元8世纪末，至今已有一千三百多年的历史，《贤者喜宴》曾记载："此寺系一难以想象之建筑，此世间无与伦比之寺院。"主持修建桑耶寺的人是当时的赞普赤松德赞，而赤松德赞的天祖父正是松赞干布。

修建桑耶寺的初衷是为了给天竺而来的两位佛教大师——寂护和莲花生——提供修行之地。这座寺庙由莲花生大师亲自选址，并参与内部的布局设计。

寺庙的名字还有一段有趣的传说。

在桑耶寺建造的初期，赤松德赞前往寺址观看建造过程，他十分好奇寺庙建成的模样。莲花生大师便从掌心变出了一座寺庙幻象。赤松德赞看到寺庙气势宏伟，藏式结构与中原、天竺的建筑风格结合在一起，让人惊叹不已。于是赤松德赞不禁感慨了一句"桑耶"，这句藏语的意思是"不可思议"，桑耶寺也因此得名。

作为一位笃信佛教的赞普，赤松德赞心中最为崇拜的人便是自己的天祖父松赞干布。在他心里，这个统一了吐蕃的强者，不仅留给了他宽广的疆域，更引导着吐蕃的子民认识到了佛学的魅力。

彼时，年轻的松赞干布从未想到，自己的一个决定，让佛教开始大规模传入吐蕃，影响了之后千年的历史。

一时，如开启帝释楼阁无数高广大门，顿然树立佛教善规，并长伸其布施之手，从中取出随欲能生圆满四部妙果，此灿烂辉煌之无尽财富，不分界域而普施有情者，即具大善相之人主松赞干布也。[①]

这是《西藏王臣记》对于松赞干布引入佛教的颂扬，一生戎马的赞普，收起扩张的雄心，转向内在的修行。他凭借自身的佛缘慧根传扬佛教，将佛的慈悲传遍整个雪域，成了给吐蕃政权加持的第一人。

松赞干布自小便是好学之人，年幼时的学识积累，让他对文明有着无尽向往，尺尊公主的到来，为他点亮了第一盏佛灯。喜马拉雅山的南麓本就是佛教的起源地之一，早在尺尊公主来到吐蕃之前，就曾担心吐蕃没有佛法。因此，她携带着大量佛经前来。

这是松赞干布第一次真正接触到一名虔诚的佛教信徒，他在这位异域公主的身上看到了佛法的神秘，更了解到佛的诸多要义。对于他的政权而言，无论是佛家教人向善的教义，还是引人修行的倡导，都是吐蕃人民迫切需要的。

循着尺尊公主的指引，松赞干布诵读了大量的佛教经典。而后，他迎来了自己的第二盏明灯——文成公主。文成公主不仅带来了佛经，更带来了传播佛法的高僧。这也是为什么吐蕃的传说中，文成公主和尺尊公主成为度母化身，来到吐蕃，消解灾祸，保雪域安宁。

如果说两位公主的到来，仅仅为松赞干布打开了一扇佛教的窗，那么这位赞普参透佛理后，在吐蕃大力推行佛教，则是对整个雪域高原的馈赠。

松赞干布采取的第一项措施，便是颁布法律，要求人民信仰佛教。宗教的传播有时离不开政治力量的推动，佛教在吐蕃亦是如此。

当时的吐蕃人民普遍信奉雍仲苯教，通过雍仲苯教的教法进行占卜、祈祷，希望家人平安、土地丰收。再加上雍仲苯教在当地的悠久历史和世代相传，它的地位几乎无法撼动。让民众放弃雍仲苯教，去接受一个全新的宗教信仰，对当时的吐蕃来讲，困难程度可想而知。

①五世达赖喇嘛著，刘立千译注：《西藏王臣记》，北京：民族出版社，2000年版，第14页。

对此，松赞干布有过不安，但接触佛学多时的他，相信佛教对吐蕃是一次文明的洗礼，他要做的就是选择最合适的方法推行。几番思索，松赞干布决定以自己为起点，鼓励贵族、部族首领、家臣信佛，继而在民间宣扬佛教。

在赞普的倡导下，佛教很快在贵族和众臣中传播开来。时机成熟后，松赞干布便颁布明令，让全体民众信仰佛教。由于有了前期铺垫，佛教已经对吐蕃百姓产生潜移默化的影响，之后就开始点点滴滴渗透到人们的生活中。

松赞干布采取的第二项措施是派学者前往天竺学习佛法。作为佛教的发祥地，天竺佛法精深，就连大唐都向往天竺的佛文典籍。这对吐蕃来讲，无疑是一个巨大的诱惑。

在文成公主的支持下，松赞干布挑选吐蕃最出色的学者，翻越重重阻隔，去往遥远的天竺，希望将最纯正的佛教要义带回吐蕃。学成归来的学者，翻译了大量佛经，为佛教的传播做出了重要贡献。

松赞干布采取的第三项措施便是建造庙宇。现在的西藏，群山之中分布着众多的寺庙，每一座都是信徒们向往的圣地。当时，这里却是一片荒凉。除了逻些城中有着都城的热闹与繁华，群山周围都是广袤而空旷的土地和星星一般点缀的毡帐，有时行走数十里都看不到任何建筑。

为了让人们了解佛教的经义，松赞干布请高僧在寺中传法，在赞普的大力支持下，来寺庙学习佛法的人越来越多，吐蕃民众开始更多地接触到了佛学思想，在闲暇之余走进寺庙，叩拜佛陀，祈求安康。

松赞干布时期，佛教在吐蕃得到了大规模传播。

今天的西藏，虔诚的教徒将松赞干布视为神明。因为正是他吐故纳新的胸襟，为高原带来了新的生机。当人们虔诚地向圣城拉萨行来时，他们感恩于这位赞普慷慨的历史馈赠。

第十章

观音的化身：被神化的赞普的一生

或许因为心念人间疾苦，观音菩萨将这片雪域圣地选为讲法场，一时间乳白色烟云如旗般飘摇，七色彩霞光芒万丈。他头顶阿弥陀佛像，手足刻有轮相，落地即为赞普松赞干布。几乎所有佛教史籍都不愿遗漏如此美妙的故事，它们给这个雪域保护神披上了一层神秘的外衣。

观音变身赞普

在西藏地区，松赞干布身世的传说一直流传，人们称他是菩萨化身。《西藏王统记》记载："菩萨境界中，见圣观自在菩萨为以佛法度雪邦边地众生，变成化身现王者相，随机施教，而作利益一切有情之事业。"

伟大人物的出生在文字记录上常常伴随着不寻常的征兆，松赞干布出生之时亦是如此。当其母怀孕之时，菩萨将降生于赞普之家的传言就已在吐蕃流传。这个还未出世的孩子，早已成为子民心中的神祇。

伴随着一声清脆的啼哭，松赞干布出生了。母亲抚着他的额头，眼角的一滴泪顺着脸颊滑落在他脸上。新生命的到来，让吐蕃子民万分欣喜。他们走上街头，庆贺这个生命的诞生。

这时，奇异的天象出现了，王宫上空出现了一尊菩萨像，久久没有散去。松赞干布在父亲的悉心栽培下慢慢长大，少年时期便显示出了过人天赋，"通达工巧书算，武艺技能，以及一切五明学处，具足才智"。这让后世的吐蕃子民更加坚信菩萨化身的传言，笃定这就是佛陀给予雪域高原的守护之神。

之后的几十年，在松赞干布的治理下，吐蕃实现了前所未有的强大，疆域的宽广、政权的稳固、佛法的普照，于民众、吐蕃来讲，都是一场馈赠。感念于此的子民视松赞干布为菩萨化身，因为在他们看来，也只有依凭神明无边的法力，才能在这高寒的雪域上开疆辟土、经略四方。

在《西藏王统记》中，菩萨化身之说的前因后果则被解释得极为详细：

观世音菩萨知教化有雪藏土之时机已至，从身放出四种光明：

一光由右眼放出，射往尼婆罗地（即泥婆罗），令尼婆罗王都为光所遍照，尼王提婆拉为光所遍照，尼城柯博鲁龙宫为光所遍照，大放光明。已而毫光收摄入于提婆拉王妃之胎焉。迨满九月零十日，产一妙丽公主，此公主极为超凡出众，身色莹白而有红光泽，口出诃利旃檀香气，且于一切经史无不通晓。伊人即他日之拜木萨赤尊王妃也。

又一光由左眼放出，射往汉地，令汉土为光所遍照，唐主太宗为光所遍照，神京吉祥门为光所遍照，已而毫光收摄，入于唐主后妃之胎焉。又满九月零十日，产一绝妙公主。此公主亦极为超凡出众，身色青翠而具红光泽，口出青优婆罗花香气，且于一切经史无不通晓，伊人即他日甲木萨唐公主也。

又一光自面门放出，往有雪邦土吐蕃境内，照于水所浸淹之悬崖上，变为教化边地之秘密法门六字大咒，成为法身形相，此即亚场之六字大明咒也。

又一毫光自心间放出，往有雪藏地，使此雪域境内皆为光明所遍照，使亚伦哲堆园亦光明所遍照，使降巴明久林宫亦为光所遍照，使朗日松赞王亦为光明遍照。已而众光收摄，入于朗日松赞王妃止玛脱噶之胎中。尔时诸方，悉呈祥瑞。至满九月零十日，超胜之王子诞生焉。时属阴火牛年王子降生于降巴明久林宫，其头顶有阿弥陀佛像，手与足皆现轮相，发青色蓝。彼时诸佛皆作加持，诸菩萨众皆为说吉祥颂赞，诸天皆雨妙花，地亦现六种震动云云。①

根据《西藏王统记》的记载，菩萨的四道光明幻化为尺尊公主、文成公主、六字大明咒和松赞干布。正是这四道光明，开启了佛教在高原的传播。

①索南坚赞著，刘立千译注：《西藏王统记》，北京：民族出版社，2000年版，第39-40页。

松赞干布用自己的方式将佛教带进了这片“世界屋脊”，引领着藏族人民皈依在佛教之下。自此，西藏的文化、社会都与佛教有了千丝万缕的联系，西藏也因有了佛教而变得更加神圣、美丽。

文成公主的卜算

对于虔诚的藏传佛教信徒来说，拉萨的大昭寺是他们心中的寄托。大昭寺僧人尼玛次仁说："去过拉萨而没有去过大昭寺，就如同没到过拉萨。"

这座寺庙最初规模不大，后几经扩建，又增设了众多的回廊、院落，才达到今天的规模。

当年，远嫁的文成公主带着释迦牟尼等身像，来到逻些城，然而佛像却无处供奉，恰巧尺尊公主也正为修建佛殿的事情一筹莫展。

《贤者喜宴》中记载："尺尊公主带领众多骑士，役使男女夜叉为奴，在拉东之奈塘、帕热浦及雅砻等水草林木丰盛之地奠基，当建造一百零八座神殿时，夜晚即被神鬼彻底摧毁。"于是尺尊公主派遣自己的侍女带着一升沙金，前往文成公主的居所，希望文成公主可以为佛殿选址。

史书记载，文成公主精于占卜之术，对于风水之说颇有研究。伏羲八卦、风水盛衰对于大唐而言，都是筑殿立室不可缺少的理据，文成公主深谙其道。

在尺尊公主侍女的请求下，文成公主摆好"博唐"进行测算。不出半个时辰，便找到了建寺之处，于是文成公主对侍女说道："吐蕃的土地分为四种，那些福德之果小而未消失的地方，佛祖聚拢众多子民，形成村落；权势显赫者形成大王之地；隐者聚集之处，当为修道者所居之僻静之地；暂时处于安逸之中者则在普通民众之地。这四种地方，王者之地最为尊贵。再观吐蕃地形，吐蕃王者之地，处在魔女身上，唯有建寺才能镇压魔女。魔女地形的正中心便是卧塘湖，是魔女的心脏所在，系恶趣之门。故当除之，建以神殿。"

文成公主还告知尺尊公主的侍女，要在湖心建造佛殿，必须先填平卧塘湖，而要填平卧塘湖，必须分别于龙妖出没的必经路口、铁围山下的女妖寝宫洞口、惹冒切的龙王畏怖殿、黑罗刹逞凶的沙滩上镇之以佛像神塔，以降妖伏魔。此外，还需对水怪、黑蝎、黑魔、大象四种地煞分别镇以海螺、大鹏、红塔、雄狮，而后驱使山羊前往澎波河驮土，填平湖水，方可建造佛殿。

带着文成公主的卜算结果，侍女回禀了尺尊公主。但是，侍女并未记清公主所说的顺序，只是告诉尺尊公主令山羊驮土填平湖水。毫不知情的尺尊公主开始按照这个办法填湖，运来的泥土，非但没有填平湖水，反而令原本清澈的卧塘湖变得浑浊不堪。

尺尊公主便将此事归罪于文成公主，并将填湖之事告知赞普，叙说自己的委屈，并寻求他的帮助。松赞干布与尺尊公主骑马来到卧塘湖边，松赞干布拿出手中的戒指，对尺尊公主说："戒指所落之地，便是建寺之所。"

随即，松赞干布便将戒指抛向空中，戒指恰好坠落湖中。此时，文成公主听闻此事，便急忙赶来向尺尊公主说明原委，化解了一场误会。

于是，按照文成公主占卜所示，众人开始填湖建寺。相传，大昭寺落成之后，传说中的食人饿鬼贡布堆米舍曾放言："凡皈依所谓佛、法、僧者，我等将害其命；已建成之寺庙，将进行毁坏；对修道者，应传播瘟疫；将使吐蕃歉收，发生饥馑。"

松赞干布听闻，赶往大悲心像前祈祷。佛像便射出光明，继而光明幻化为火焰，射向饿鬼居处。在佛祖的庇佑下，饿鬼贡布堆米舍的阴谋未能得逞。

松赞干布遥望大昭寺。铺满金色阳光的佛殿，犹如一座神造宝塔，熠熠生辉。

由于山羊驮土才填平了卧塘湖，因此，建寺之初，这座佛殿被称为"惹萨"。因为藏语称"山羊"为"惹"，称"土"为"萨"，"惹萨"即为"羊土神变寺"。神殿的建成传说，成了松赞干布引入佛教的佐证。

明记乐七年（1409年），格鲁教派创始人宗喀巴大师为歌颂释迦牟尼的功德，召集藏传佛教各派僧众，在寺院举行了传昭大法会后，寺院改名为大昭寺。

这座建造于吐蕃鼎盛时期的寺庙，现在已成为拉萨的中心，一千多年的沧桑变幻，使这里凝聚了吐蕃和藏传佛教的记忆。

松赞干布建造大昭寺的丰功伟绩，已被载入历史。信徒们从四面八方赶来，一次次起身、仆地，表达着对佛祖的虔诚，此时，他们心中永远记得那位伟大的赞普和他的两位新娘。

宗教间的和谐共生

有着虔诚信仰的佛教徒对于朝圣之路并不陌生。他们用身体丈量着信仰的长度，每一步都紧贴大地，用尽全身的力气。最后，他们在大昭寺的佛前真诚地祷告，仿佛要将所有的祈求与悲喜都说与佛听。大昭寺的金殿，便是所有信仰的寄托。今天的藏传佛教，究其起源与苯教有千丝万缕的联系。千百年的此消彼长、相互融合成就了佛教庞大的一脉——藏传佛教。

作为西藏的传统宗教，雍仲苯教是藏族人民最原始的信仰。现在的藏传佛教，可以算作是佛教与雍仲苯教相互融合的结果。然而，在佛教刚传入西藏时，佛苯之间曾上演过激烈的争斗。漫长的岁月中，二者此消彼长，在争斗中彼此融合。

松赞干布最初将佛教引入吐蕃时，佛苯之争便拉开了序幕。一个是本地宗教，一个是外来佛法，在传教的过程中，必然出现各种矛盾。另外，雪域高原政教合一的传统早已有之，政治争斗也牵扯宗教争斗。

吐蕃政权建立初期，雍仲苯教已经渗入政事。每位赞普继位时，都会册封一位雍仲苯教的高僧为法王，而吐蕃当地的各大贵族和部族首领也都信奉雍仲苯教，因此，雍仲苯教对吐蕃政治有十分深刻的影响。这股无形的力量已经深入吐蕃政权的根基，一定程度上对赞普的权威产生了威胁。

松赞干布将佛教引入吐蕃，大力倡导，希望通过政治扶持，壮大佛教力量。然而，松赞干布并没有一味推崇佛教，打压雍仲苯教。这位睿智的赞普，倾向于调和二者的矛盾，实现宗教的和谐共生。

举办一些重大活动时，松赞干布仍沿袭雍仲苯教的仪式，他会请雍仲苯教的法师进行占卜。而在民间，松赞干布虽然颁布法令让民众信佛，但民众可以按照雍仲苯教的教义举行占卜、祭祀、驱鬼活动。这样的做法，使雍仲苯教与佛教在一段时间内，没有爆发过大的冲突。

松赞干布的佛教政策，对吐蕃的宗教发展起了重要的过渡作用。利用宗教，松赞干布也实现了巩固自身统治的目的。佛教推行的同时，政权得以巩固，靠着雍仲苯教凝聚起来的贵族势力、部族势力得到了遏制。这一切让原本强盛的吐蕃，变得更加坚不可摧。

然而，佛苯之间究其本质还是两种不同的宗教，二者的矛盾可以调和一时，却无法实现真正的相容。

松赞干布去世后，芒松芒赞继任赞普，他追随着祖父的脚步，颁布了多项措施以扶持佛教。之后，芒松芒赞之孙赤德祖赞继续宣扬佛教，为自己赢得了至关重要的政治筹码，也引发了数百年的佛苯之争。

公元8世纪，赤松德赞时期，佛教与雍仲苯教在敦喀尔进行了一场著名的辩论。这次辩论之后，佛教正式取代了雍仲苯教的位置。

当天，人们聚集在敦喀尔，佛教高僧莲花生、寂护、无垢友与雍仲苯教大师香日乌勒、黎希达、唐纳本波进行了激烈的辩论。这场辩论不仅关乎不同宗教的去留，更关乎吐蕃子民的信仰，整个逻些城的贵族、百姓都在紧张观望。

辩论整整持续了一天，终于，佛教用严密的教义体系打败了雍仲苯教，不仅在辩论中取得了胜利，更在民众面前宣扬了佛法。

接着，赤松德赞颁布禁令，禁止民众信奉雍仲苯教。大批的雍仲苯教徒被流放到荒蛮之地，雍仲苯教的寺庙也被改成了佛教寺院。这是西藏历史上，佛教第一次取代雍仲苯教，成为正统宗教。然而，此时的佛教远不是印度佛教或中土佛教，而是带有雍仲苯教明显印记的吐蕃佛教。

第十一章

雪域背影：他的背影是整个民族的正面

唐永徽元年（650年），吐蕃政权在瘟疫的牢笼中一如困兽，伟大的赞普也不例外。经受过千百次苦难洗礼，感受过无数次命运无常，松赞干布身心俱疲，终于同意让命运带走肉身。悲痛蔓延在整个吐蕃大地，甚至遥远的大唐王朝都为之震惊。然而，他制定的法律、制度、文字，极力推崇的唐文明、佛教，带着新鲜而灵动的气息，融入整个藏族的血脉之中，生生不息。

仿唐定制，固若金汤

没有规矩，不成方圆，制度乃一个政权的根本。它不仅关系到政令下达，更关系社会与百姓的清明安宁。熟识吐蕃历史的松赞干布谙熟治理之道，自然也懂得如何建章立制，固邦安民。

因此，当松赞干布稳定政局之后，他首先将目光聚焦在吐蕃的政治体制上。如何在广阔的土地上建立固若金汤的体制，让吐蕃政权世代相传，对这位赞普而言，是一项严厉的考验。

在吐蕃原本的官制中，担任地方官吏的大多为部落首领，这些官吏不仅拥有赞普所赋予的权力，更在部落内部拥有很高的威望，这就普遍导致各自为政，政权组织变得比较松散。

于是，松赞干布通过设置部落使等官职，在部族内部建立上下分明、互相制约的官级制度，由赞普亲自任命所有官吏，加强地方控制。而在更高一级的官制上，松赞干布则仿照唐制进行改革。大唐的疆域、人口数倍于吐蕃，却表现得官阶分明、政权稳固，对于松赞干布来讲，大唐无疑是很好的学习对象。

松赞干布的第一项改革便是增加大相的人数，分割相位的权力。吐蕃历代赞普只设立一个大相，作为拥有至高权力的大相，可能导致权力集中，独断专行。正因大相制度的弊端，才出现尚囊、琼波·邦色之事。

因此，松赞干布赋予都元帅、副都元帅与大相同等的权力，又将大相的权力分给四个掌管政事的官员，这样大相便不再拥有总揽政事的权力。与此同时，松赞干布还建立了内阁会议，内阁会议的成员都是显赫的贵族。在大相的主持下，内阁会议商议政事，做出决策，而大相则负责向赞普报告内阁会议的决定。

现在，大昭寺前的广场上，有一座被围墙围起来的石碑，这就是著名的唐蕃会盟碑。在这座石碑上，用汉藏两种语言记录着长庆会盟这一重要历史事件。

碑文上记载着许多吐蕃的官职，有些是吐蕃自古有之，有些则是松赞干布设立的，而松赞干布设立的官职大多仿照大唐的官制。

其中，“曩论”即内相，管理政务、官员升迁、调动等，相当于唐朝的吏部尚书；“纰论伽罗笃波”主管军队、征兵之事，相当于唐朝的兵部尚书；“喻塞波掣逋”主管刑狱，相当于唐朝的刑部尚书。

除了要职，松赞干布还订立了一系列的章服制度。他第一次在吐蕃推行用章饰区别五等官阶，分别是瑟瑟、金、银镀金、银、熟铜，其中瑟瑟最高，其后依次而下。官员们将章饰钉在衣袖处，官阶高低一目了然。

松赞干布的这一举措受到了大贵族的一致拥护，对于身居高位、拥有特权的贵族来讲，森严的等级体系不仅可以体现他们尊贵的地位，更可以维护他们的利益。

而在官员的升迁和奖惩上，松赞干布也建立了一套严密的制度，用以维护整个官级体制的运行。

在吐蕃，贵族制度与官员制度不同，贵族的身份与特权与生俱来，除非参加叛乱或犯有重罪，才会被剥夺贵族身份，即使被剥夺身份，其子孙仍有承袭爵位的权力。

官员的情况则截然不同。松赞干布改革后期，吐蕃官员大都由赞普亲自委派，这些官员既没有世袭的权力，也不享受世袭的土地。他们按照官级体制，层层制约，最终都听命于赞普。赞普赋予他们官职，也有权随时收回。

纵观松赞干布时的官制，与大唐十分相似，睿智的赞普，仿照着中原的政治制度，建立了吐蕃严密的官级体制，为自己的政权打造了坚固的堡垒。通过一系列的政治改革，松赞干布终于确立了吐蕃的政治秩序，上下再无僭越。

自由民的福音

在吐蕃的历史进程中，存在过这样一个阶级——自由民。那时，奴隶阶级在吐蕃的所有劳动力中只占较少的一部分，在生产中起重要作用的则是自由民。

吐蕃的自由民，是有别于贵族、奴隶的中间阶层，作为独立的小生产者，他们自耕自牧，有的完全依靠自己的劳动，有的则有奴隶。在吐蕃的日常生活中，自由民承担劳动的重任，当战事来临，他们则自备武器、马匹、粮食，随行出征。

自由民对吐蕃政权的重要性，不仅因为他们是生产、军事的重要力量，也因为作为中间阶层，他们在维护阶层平衡与稳定上发挥了重要作用。

从整个阶层体系来看，自由民与贵族之间存在着更多的利益共同点。贵族可以肆无忌惮地剥削奴隶，占有奴隶的劳动成果，很大程度上就是因为自由民手中拥有武器，可以维护贵族的权益。自由民的力量对奴隶是一种震慑，可以维持当时的社会稳定。

吐蕃的公有奴隶可以供自由民驱使，在自由民出征作战时代替他们服劳役，因此，自由民同贵族一样享受从奴隶身上剥夺而来的利益。贵族将自由民视为同盟，自由民则协助贵族镇压奴隶反抗。

在吐蕃的“人民会议”中，自由民拥有自己的席位，可以与贵族一起参与政事，参加重大的宴会。吐蕃政权曾实行“平均财富”：定期将自由民手中的财富、土地进行平均分配，维持平衡。

然而，随着吐蕃政权的强大，自由民随军频繁征战，沉重的兵役使得很多自由民破产，失去了土地和生计，而“平均财富”的政策也越来越难以推行，自由民之间贫富不均的现象越来越明显。此外，自由民需要承担一部分公共费用，向赞普和贵族定期交纳贡赋，这些对于自由民是一个非常沉重的负担，因此，吐蕃内部的自由民起义时有发生，自由民问题开始凸显。

完成统一大业后的松赞干布时常行走于逻些城中，看看寻常百姓的生活。这天，处理完政事的松赞干布与大臣禄东赞走在街道上，无意间看见一个衣衫褴褛却似曾相识的牧民。牧民仿佛也认出了松赞干布，便快步朝他走来行礼，之后，便说："赞普，多年不见，不知您近来可好？"

松赞干布先是一怔，才恍然想起，眼前的牧民正是他当年征讨象雄时的侍卫。面对着眼前衣着破旧、面黄肌瘦的人，松赞干布感到不可思议。

看着赞普惊愕的表情，牧民也察觉到了松赞干布的诧异，便说："赞普一定好奇，从象雄归来之后，我怎么会变成现在的样子。"

松赞干布看着眼前的人，与几年前军营中精神奕奕的士兵有天壤之别："象雄一战，我们得胜凯旋，如今的你竟成了这般模样，不知发生了什么事，你可以告诉我，我会尽力帮你。"

牧民的眼中泛着泪光，多年的辛酸，此时却不知从何说起，他强忍着泪水，讲述着自己的遭遇："象雄之战过后，我回到了家乡，在自己的土地上日日耕作，原本日子还算富足。可是吐蕃前些年战事频发，赋税繁重，家乡的大贵族趁此机会侵占了多处土地，很多和我一样的自由民失去了土地，背上繁重的债务，不得不背井离乡，逃往外地。"

听着牧民的讲述，松赞干布在震惊的同时，也不免有些难过。对于自由民的处境，他早有耳闻，只是没想到会严重到这种地步。松赞干布转向身边的禄东赞，命他给牧民一些钱币。在牧民的拜谢中，松赞干布离开了，一路上表情凝重。

"赞普是否还在为刚刚的事情感到忧愁？"禄东赞问道。

"自由民的处境是否真如方才的牧民所说的那样？"松赞干布沉思片刻问道。

禄东赞偷偷看了赞普一眼，松赞干布正皱着眉，等着他的回答。禄东赞深知此事需要如实向赞普说明，便说道：“自由民于吐蕃来讲，是一个极其重要的筹码，而他们现在确实面临着非常大的问题，无论是地位还是生存境遇都大不如前。”

亲身经历过组建军队、领导战争的松赞干布，对自由民的作用有切身的体会，可以说，正是有了这支队伍，吐蕃才能平定内乱，打败外敌，取得了一次又一次的胜利，建立起空前强盛的政权。禄东赞的回答让松赞干布意识到是时候改革自由民、奴隶制度，重新分配各阶层的利益了。

恢复平均财富的制度显然困难重重，冥思苦想之后，松赞干布仍无法找到合适的解决方案。这时，一位大唐僧人前来拜会松赞干布，见他忧心忡忡，便说：“不知赞普为何事烦忧，可否说与我听，佛祖怜悯众人，或许可以帮您排忧解难。”

于是，松赞干布将自由民之事讲给僧人听，说明自己的困境。

僧人听后，沉默片刻，说道：“政治之事，贫僧所知不多，大唐的土地施行均田之制，我可以说与赞普，或许可以给赞普些许参考。”

经过僧人的耐心讲解，松赞干布对大唐的均田制有了详细的了解，并备受启发：“听了大师的讲解，我领悟颇多，虽然吐蕃与大唐情况不同，但其中仍有很多值得效法之处。”

松赞干布与僧人进一步讨论均田制，心中对土地改革之事也越发明晰。而僧人面对着谦逊的赞普也知无不言，将所知之事悉数说与松赞干布。

历史的机缘往往巧妙，本是无意之举，却让纠结多时的赞普豁然明朗：既然孕育于畜牧文明的吐蕃政权没有可供参考的土地制度，那么不如效仿大唐，取他人之长为己所用。

松赞干布命人将僧人所述之事一一记下，谢过僧人之后，松赞干布便与大臣们商议土地改革事宜。

业精于勤，一个优秀的治理者从不羞于请教智者贤臣。谦逊的品格是岁月和磨难给予松赞干布最好的礼物，凡是对吐蕃有益之事，他都耐心求教，一生如此。

以土地安抚人心

在中原地区，耕作孕育了文明，土地不仅是生产的途径，更是人们赖以生存的生命之本。而在吐蕃，土地尤为珍贵。

在吐蕃，以耕作为主的地区一般比起畜牧为主的地区更稳定、富庶，所以，对吐蕃百姓而言，他们对土地的依赖丝毫不逊于中原百姓。因此，松赞干布将改革的重点放在了土地上。

对于自由民，松赞干布仿照大唐的均田制，颁布了一项新的土地制度：重新分配贵族的土地和财富，分给那些生活窘迫、急需帮助的自由民。

每一个得到土地的自由民都通过“绿册”进行登记，“绿册”上详细记录着每个自由民获得的土地面积，这就使原本分离的土地与劳动者紧密地联系在一起，土地的所有权也随之固定。吐蕃的封建土地所有制就此萌芽。

这些自由民利用手中的土地和工具积极从事农业生产，而中原耕作技巧的传入，对提高吐蕃的农业耕作技术和农作物产量，起到了至关重要的作用。

为了缓和贵族与自由民之间的矛盾，在分配土地的过程中，松赞干布也尽力保全贵族的利益，对于被削去一部分田地的贵族，松赞干布用官田与他们进行交换。在很长一段时间内，这种交换都在实行，贵族与自由民之间的利益得以调和，维持了一段时期的相对和平。

这场土地改革为自由民带来了福音，他们在吐蕃政权的庇佑下，赢得了属于自己的地位和财富，同时也为政权的稳固贡献着自己的力量。

在处理完自由民的土地分配之后，松赞干布将目光转向了奴隶问题。

面对自己一手建立的强盛政权，松赞干布总是竭尽全力守护，耐心地协调各方的利益，让政权变得更加稳固。

吐蕃的奴隶分为公有奴隶和私有奴隶。公有奴隶没有固定的奴隶主，他们耕种官田，由吐蕃政权为他们提供土地、工具和种子，在官吏的监督下劳作。除了给予他们固定的口粮，吐蕃政权并不给予他们任何报酬，所有的劳动成果都属于吐蕃政权所有。除了生产，这些公有奴隶还要负担徭役。

私有奴隶则属于贵族、自由民个人所有，为他们耕作土地、放牧牛羊。私有奴隶的境遇与公有奴隶相差无几，甚至更加悲惨，生活困苦，劳务繁重。

这日，松赞干布正在殿中看书，禄东赞前来汇报自由民的土地分配问题，“自由民重新获得土地后，人心安稳，赞普大可放心。”

“自由民之事已然解决，只是吐蕃日益强大，土地日益宽广，是否也应给予奴隶一定的土地，记载于户籍册之中？”松赞干布问道。

“赞普所言之事，臣也思虑良久，只是吐蕃的土地虽然有所增长，但毕竟有限，将土地分于奴隶，未免冒险。最好是与自由民区别对待，这样或许可以既提高生产，又安抚民心。”禄东赞答道。

松赞干布详细听取了禄东赞的意见。经过商议，松赞干布最终决定对奴隶按照劳动力的多少分配土地，每份土地都登记在户籍册中，虽然与自由民享有的权利有所差别，但是在一定程度上，奴隶还是得到了土地的使用权。对于政权来讲，这也易于对奴隶进行监督管理。

至此，松赞干布对吐蕃土地制度的改革告一段落，土地私有化开始，私有权利也逐步得到了认可与保护。

十善戒的及时雨

“法者，所以兴功惧暴也；律者，所以定纷止争也；令者，所以令人知事也。”

法律对政权有着非比寻常的意义。在法的规约下，社会可以惩恶扬善。

战国时期，群雄争霸。商鞅在秦国实行变法，除了政治、军事、经济的改革，最重要的是建立了严密的法律体系。秦律的制定，使秦国上下奖惩分明，勇武之人因杀敌而立功受奖，作奸犯科者摄于法的威严而循规蹈矩。内部的井然有序大大加强了秦国的国力，最终在七国的角逐中成了最后的王者，建立了大一统的秦帝国。

历史早已尘封，而至理却不言而明。法律于国家而言，有固本之用，历代中原王朝都精心于此。而对于吐蕃来讲，真正的明文法律出现在松赞干布时期。

那一日，松赞干布手握棋子，思考该落于何处。窗外秋风簌簌，吹动着枝头的枯叶。

这是松赞干布第四次陪文成公主下棋，漫长的岁月里，他给予公主的陪伴少之又少。繁忙的政务、扩张的雄心，像寺中的钟鸣时时敲打着已过而立之年的赞普。

思索片刻，松赞干布落下棋子，却不料入了公主的局。文成公主抬起头，看着松赞干布笑而不语。松赞干布见公主笑得别有深意，问道：“公主为何而笑，是因赢了棋而得意吗？”

“赞普棋艺精湛，看似困局却也有破解之法，我自然不是为这而笑。我笑是因为赞普明明心不在焉，却仍旧陪我博弈。”文成公主缓缓答道。

听见公主这样说，松赞干布也意识到自己方才的失神，笑道：“近来，逻些城中常有百姓发生冲突，双方常常各执一词，互相争辩，让人无从裁决，长此下去，恐怕于吐蕃有碍，我正为此烦忧，还望公主见谅。”

文成公主为松赞干布斟上热茶。

“赞普时时忧心政事，这是吐蕃的福气，又何须对我致歉，只是，政权的治理、人民教化并非一朝一夕可成，赞普不用急于一时。百姓之间多有冲突，必定是法度不够完善，子民们无法可循，便为利益起了争执。在赞普的经略下，吐蕃越发强大，面临的问题也越来越多，此时外敌虎视眈眈不足为惧，内部稳定却必须引起足够重视。人心涣散于吐蕃而言，最为致命。”

“依公主所言，如果有了法度，一切便可迎刃而解？”松赞干布急切地问道。

“就算是小邦也会有利益争端，更何况吐蕃疆域辽阔，子民众多。我不敢妄言法度可以解决一切，但它却是赞普治理吐蕃的法宝。”文成公主说道。

公主的话语让原本有心制法的松赞干布更加坚定了决心，他决定建立一套完备的法律制度，维持社会安定。

然而，真正的制法并非简单地颁布诏令。如何制定细则，将奖惩分明的法的精神渗透到吐蕃百姓生活的方方面面，才是对松赞干布最大的考验。为此，松赞干布选拔了大批有识之人，又命人翻译了大量的大唐律法和佛教教义，在一切准备妥当后，制法工作正式开始。

松赞干布建立了一套涉及赋役、宗教、狩猎、农耕和商业等方面的法律体系。这套法律体系最为重要的是依循了佛经《十善经》的十善戒义理。《十善经》主要讲解佛教的“十戒”：一不杀生，二不偷盗，三不邪淫，四不妄言，五不绮语，六不两舌，七不恶口，八不悭贪，九不嗔恚，十不邪见。佛教对于教众心灵的规约，契合了松赞干布对子民的基本要求。

如同十戒对基督信徒的规约一样，十善戒犹如一场及时雨，洒向了雪域政权。在十善戒的规范下，善行得施，恶行得惩。

除了对子民的道德规约，松赞干布还主持制定了一系列具体的法令，将政权的一切事务归于法度之下，于是便有了著名的《六类大法典》。《六类大法典》包括《以万当十万之法》《十万金顶具鹿之法》《王朝准则之法》《扼要决断之法》《内府之法》《权威判决之总法》六部法典。

《以万当十万之法》主要是行政和军队方面的法规；《十万金顶具鹿之法》主要是针对度量衡的法律；《王朝准则之法》主要是规定民事纠纷的相关事宜；《扼要决断之法》主要是对案件进行判决；《内府之法》主要规定了诉讼方面的内容；《权威判决之总法》主要规定了判案的依据，如何给有罪者施行刑法等。

吐蕃有了自己的法度，生活中的一切被纳入了法律的框架之内，变得井然有序。在清明祥和的环境里，律法为这片土地上的人民带去了安宁。

驯化意志野兽

早年醉心于军事的松赞干布，将吐蕃的疆域拓展得空前广阔，因此拥有了众多附属力量。这些力量一部分是旧时盟友，随着吐蕃的强大而自愿归附。另一部分则是曾经的敌人，经过多年的战争较量而战败，最终成为附属。

有人说伤痕斑斑的铠甲，是一个战士最好的勋章。这句话在松赞干布的身上得到了最好诠释。松赞干布的一生，经历了大大小小数十次战争，每一次都是对这个吐蕃赞普的洗礼。在战火之中，他守护着自己珍视一生的政权与子民。

褪去铠甲，他成功地解决了安抚平民、统治奴隶、制定法度的问题。但是，吐蕃周边地势复杂，部族众多，不同部族之间又存在或多或少的利益纠葛，因此控制周边力量，使其没有反叛之心，对松赞干布来说，也是个很大的考验。

而立之年的松赞干布，早已褪去了年少时的冲动与轻狂，懂得怀柔之术。记得年幼时学习骑马，教授马术的长者总是告诉他，既要懂得因势利导，又要懂得顺势而为，既要鞭策，又要安抚。

在长者的教授下，松赞干布马术精湛。当他成为赞普经略一方之时，这些御马之术也成了他统治的智慧。

对于周边属地，尤其是武力征服的属地，松赞干布从未放松过警惕，对待属地的反抗，松赞干布常常以武力镇压，一方面平定叛乱，另一方面也借此震慑其他属地。而对待自动归附的属地，他恩威并施，通过在属地中树立威信而实现控制。只是，吐蕃稳定控制住属地并非一朝一夕的事，统一雪域高原的事业贯穿了这位赞普的一生。

唐贞观十九年（645年），松赞干布第一次征服了高原强者之一——象雄，象雄首领同意向吐蕃交纳贡赋，并追随吐蕃军队参与对外战争。由于当时吐蕃实力有限，并没有彻底取而代之，而是保持象雄首领家族对象雄的统治，将其作为自己的从属力量。象雄虽然失去了以往的风光，在雪域高原却仍旧具有较强的影响力。

松赞干布为了削弱象雄的实力，多次向象雄征集财富、派发徭役，以此扩充自身力量，压制强敌。物极必反，过多的徭役与赋税激起了原本就不安现状的象雄首领家族的反抗，一场平息多年的争斗再次在雪域高原上演。

象雄利用自己地理位置上的优势，暗中联合众多吐蕃属地，向其发难。这些属地各有各的心思，有的希望摆脱吐蕃控制而获得独立，有的希望在战争中分一杯羹。在象雄王的挑唆下，雪域高原一时之间狼烟四起。然而，经历过战争洗礼的松赞干布从不畏惧战争，在对待象雄的问题上，以前如此，现在亦是如此。

当时，松赞干布正与家臣商议政事，前方传来急报，称象雄集结大军，正朝吐蕃边境进发。群臣议论纷纷，唯有松赞干布一言不发，出奇冷静。自他第一次征服象雄却保留象雄首领家族的统治之时，就预料到了今天的情况。

这么多年过去了，他再也不是初涉政事的少年，而吐蕃也再不是四面受敌的境况。经过一系列军事、政治、体制改革后，现在的他拥有整个雪域最强大的军队和最富庶的子民，一切都不足为惧。于是，在松赞干布的亲自指挥下，吐蕃对象雄的战争再次拉开了帷幕。

战火绵延，从未停息。这场战争的艰难程度远远超出了松赞干布的预料，他与禄东赞漫步在逻些城内，商讨着前方战局。

“对于象雄一役，我原本以为凭借骁勇的军队，必能在短期内击破敌人，重建吐蕃对象雄的统治，为何持续数月之久，战事却毫无进展？”松赞干布问道。

禄东赞明白松赞干布心中的疑惑，却也深知此战的艰难：

“这次战争，象雄与我们完全不同，对于我们，进可攻退可守，大有回旋之地，对于象雄却并非如此。倘若象雄战败，必然要继续受制于我们，象雄首领家族或因此消亡，因此象雄必然拼尽全力。”

“依大相所言，这样的形势下，我们的军队应如何取得胜利？”松赞干布赶忙追问。

看到赞普的担忧，禄东赞继续说道：“自从赞普征服象雄以来，象雄实力大不如前，无论是军事还是经济都落后于吐蕃，只要吐蕃军队能够守住阵地，坚持迎战，必将击败象雄。”

凛冽的寒风已化作虫鸣的春晓，战争仍旧在继续。此时的松赞干布不再焦躁，而是带着冷静的思考注视着这场持久的较量。在松赞干布的指挥下，战士们并不急于取胜，而是步步为营，依靠着吐蕃强大的后方，一步步蚕食敌人的阵营。

终于，在吐蕃的一致努力下，象雄被彻底征服，这只凶猛的野兽终究还是驯服在松赞干布的力量之下。

伸向疆域之外的橄榄枝

分而处之，不仅是做人的智慧，更是一位强者的睿智。

对于吐蕃而言，边境属地的安宁是吐蕃政权巩固的基石，而与大唐的亲密关系则是吐蕃强大的助力。与属地政策完全不同，在对待大唐的问题上，这位兼容并蓄的赞普显示了他友善、谦和的一面。联姻之后的松赞干布，对唐始终奉行睦邻友好的政策。

松赞干布在位期间，两地关系和睦，甚至连边境上的小纠纷都很少发生。热衷拓展疆域的松赞干布在经历松州之战后，便没有了东进的想法，甚至在对待吐谷浑的问题上，也表现出极大的克制。

吐谷浑位于唐蕃之间，文化上更倾向于吐蕃，倘若彻底征服此地，吐蕃的疆域便可向东拓展，与中原的往来也会更加方便。然而，自从因求亲失败迁怒吐谷浑后，松赞干布对其只发动过一次战争，之后十几年相安无事。这一切都是松赞干布为了维护唐蕃关系所做的努力。

通过文成公主，松赞干布与大唐保持着极为亲近的关系，不仅效仿大唐为吐蕃建制，更将中原先进的手工技艺、耕作技术引入吐蕃，两地频繁的来往与互助成了传唱至今的佳话。

唐贞观十九年（645年），大唐攻打高句丽的军队班师回朝，松赞干布特意命人前来祝贺。使者说明来意，并奉上了松赞干布亲手撰写的吐蕃文贺词，华丽的辞藻、飞扬的文采得到了唐太宗的赏识：

“圣天子平定四方，日月所照之国，并为臣妾，而高丽（即高句丽）恃远，阙于臣礼。天子自领百万，度辽致讨，隳城陷阵，指日凯旋。夷狄才闻陛下发驾，少进之间，已闻归国。雁飞迅越，不及陛下速疾。奴忝预子婿，喜百常夷。夫鹅，犹雁也，故作金鹅奉献。”①

使者带来了吐蕃铸造的盛酒金鹅，鹅身足有七尺之高，可以盛酒三斛，鹅身精美，细节考究，足以看出当时吐蕃精良的手工技艺。

唐贞观二十二年（648年），大唐派遣使臣王玄策前往中天竺，拜见国王尸罗逸多，双方互赠了贵重的礼物，以示友好。其余四天竺为了示好大唐，也通过尸罗逸多赠予了王玄策大量的珍宝。在归国途中，尸罗逸多去世，大臣阿罗那顺发动叛乱并登上王位。阿罗那顺为人狡诈，早在王玄策出使之时便觊觎各国所赠的珍宝，于是他派兵劫掠了王玄策的使团，力量的悬殊让使团伤亡惨重。王玄策被俘，之后找时机逃脱，只身流落到吐蕃，请求松赞干布的援助。听闻此事的松赞干布没有片刻犹豫，立即派兵攻打中天竺，俘虏了阿罗那顺，维护了唐使的尊严和大唐的颜面。

对大唐文明的仰慕，使松赞干布极力拥护大唐王朝，他在位期间，向大唐上表均以臣礼自居，恪守本分，尽臣属之义务。

松赞干布不仅是吐蕃政权的开启者，更是唐蕃关系的守护者，中原文化已经在这位赞普身上留下了深深的烙印，正是他博大的胸襟和广阔的视野，化作了一枚橄榄枝，伸向大唐。这不仅为吐蕃带来了和平与安定，更带来了前所未有的繁盛。

①刘昫等：《旧唐书·卷一百九十六上，列传第一百四十六上，吐蕃上》，北京：中华书局，1975年版，第5222页。

第十二章

光荣梦想：离太阳最近的文艺赞普

南唐后主李煜的词、宋徽宗赵佶的瘦金体、罗马大帝恺撒平实典雅的《高卢战记》，这些人因自身特长传世。然而另外一些人更加闪耀，他们并不拒绝以各种方式进入生命的各类事物，也从不轻易否认任何民族和文化的价值。松赞干布正是如此，他对吐蕃的经史民俗了如指掌，喜爱阅读和赋诗，更以谦逊的心将自己浸在先进文明的恢宏气度中，汲取一切可能的滋养。

用文化的雨露滋润家园

辽远的雪域，有圣洁的信仰，藏族百姓质朴的笑容背后，是他们如雪峰一般干净的灵魂。这片被神灵庇佑的土地，孕育着灿烂的文明。

历代赞普的悉心经营，让吐蕃文明世代相传，在人类历史上留下了浓墨重彩的一笔，其中对吐蕃文化贡献最大的赞普莫过于松赞干布，他对文化的敏锐与珍视让整个雪域都笼罩着文明之光。

第一次同长者学习吐蕃历史，他便为吐蕃灿烂的文明所吸引，对文明的好奇与向往自此便深深扎根于松赞干布心里，犹如一枚宝石，不曾褪去它的光亮。

十三岁时，他在动荡中继承赞普之位，之后的多年，他平定内乱、打败劲敌，从未有过半刻停歇。直至建立起强盛的政权，这位赞普终于有时间来经略吐蕃的文化，完成一生的夙愿。松赞干布深知，发展吐蕃文化绝不能故步自封，他需要从周边的文明中汲取养分，为我所用。

位于喜马拉雅山南麓的泥婆罗首先吸引了松赞干布的目光。这个近在咫尺的国度，有着几千年的文明，无论是语言文字、宗教思想，还是绘画雕塑、手工建筑都十分先进。在他的极力争取下，尺尊公主嫁到吐蕃，将泥婆罗先进的文化带到了吐蕃，推动了吐蕃文明的进步。

几年之后，与文成公主的结亲再一次开启了松赞干布的文明之旅。

遥想那时，细雨过后的阳光照射在赞普恢宏的宫殿上，翻起的檐角与精美的雕饰，显示着主人的尊贵。松赞干布携着文成公主的手漫步于园中，文成公主指着檐角欲滴的水珠发出惊叹。

宫殿是松赞干布命人专门为文成公主而修建的，建筑、装饰既仿照大唐风格，又融合了吐蕃特有的工艺。文成公主感激赞普的恩典，赞普亦为送给爱人的礼物而欣喜。两个人的结合，不仅停息了战火，也碰撞出文明的火花。

自此以后，吐蕃的大型建筑均有大唐工匠参与，每兴土木，松赞干布都会请来大唐工匠设计建筑，在这些工匠的影响下，金顶与拱顶成了西藏建筑的主要装饰。泽当的许多亭台楼阁，都会饰以色彩斑斓的琉璃瓦和延伸天际的飞檐，这些都是汉式建筑的典型特点。

每年唐使出访，更让原本仰慕唐风的松赞干布有了学习大唐文化的机会。同时，为了让吐蕃可以接触更多的大唐文明，他多次派遣使者前往长安学习诗书。

来唐使者深知机会难得，在唐期间，刻苦学习，细心钻研，将所学全都带回吐蕃，发展吐蕃文明。在松赞干布的组织下，《易经》等典籍传到吐蕃，伏羲、文王、周公、孔子开始为当地人熟知。

许多吐蕃的贵族都研习汉学，每逢家宴，松赞干布都会请来大唐学者讲解汉学的精妙。后来吐蕃使者仲琮受到了唐人的赏识，便是因为他不仅精通唐蕃两种语言，更是熟读文集，对汉学颇有见地。

在松赞干布的支持下，吐蕃研习诗词之人也逐渐增多。受到唐诗的影响，他们用一种名为“喈”的诗歌形式进行创作，这种诗体类似于唐朝的五言绝句。大唐使臣出使吐蕃时，诧异地发现许多吐蕃贵族将唐朝文学家冯定的《商山记》写在屏风上，唐蕃文明的交融可见一斑。

文明的发展犹如一场暴风骤雨，在吐蕃大地上尽情倾洒。注重文明发展的松赞干布，探索着推动吐蕃文明发展的动力，无论是探访泥婆罗，还是效仿大唐，都是他为自己的政权所做的努力。

在古代社会，王权拥有无上的权威，秦始皇一声令下便可焚书坑儒，汉武帝一道圣旨便可罢黜百家，强者的每一个决定都影响甚远。而吐蕃这位懂得珍视文化的赞普，成就霸业的同时，也没有忘记用文化的雨露浸润自己的家园。松赞干布倾尽一生，兼收并蓄、博采众长，打开了雪域的大门。

吐蕃文是他的新天地

如果说，松赞干布敞开雪域的大门，为吐蕃文明带来异域灵感，开启了吐蕃文明的新历程，那么创制吐蕃文便是这场旅程中不朽的石碑，永远为世人所铭记。

第一代赞普聂赤赞普在雅砻河谷厘定上下关系，建立了属于悉勃野家族的政权。祖先的经略为松赞干布缔造了强大的赞普之权，让他得以施展抱负，一统高原。然而，当他回望历史时，先辈的伟业功绩却只能在人们的口耳相传中留存。

经历政权动荡、战争洗礼的松赞干布，比任何人都明白世事多变背后的深意，倘若没有文字记载，吐蕃的辉煌或许会被人慢慢淡忘，犹如烛台上的微尘，随风而逝。

与此同时，吐蕃还面临着另一个重要问题，即与边邻交往的问题。吐蕃周边存在许多政权，随着吐蕃的日益强大，与周边政权的交往也逐渐增多，文书往来显得尤为重要。吐蕃没有文字，所有的讯息只能通过使者口述传达，这个过程中时常会出现误传消息的情况，不仅不利于两地交好，有时甚至会爆发冲突。而在行军过程中，由于没有文字，驿站的信使通常采用在胸前佩戴银鹘的办法来通报军情，银鹘越多表明前线军情越危急，与他地用文字传递军情相比，这样的做法容易疏漏重要的信息，贻误军机。

为此，松赞干布十分苦恼。一日，属地的一位使者前来逻些，松赞干布热情地接见了他，并设下晚宴款待使者。一番畅饮之后，松赞干布便向使者询问当地的情况。

使者叩谢赞普的款待，一一作答。当说到记事文书之时，松赞干布不禁大为感慨，吐蕃属地地域狭小，人口稀少，竟也有自己的文字。而吐蕃纵横雪域高原，却无文字可载。于是松赞干布做出了一个决定——创造吐蕃文。此时的吐蕃政局稳固、文化丰富，这些都为吐蕃创制文字提供了最有利的契机。

文字是人类文明的载体，只有当文字产生后，人类社会才真正进入了文明的自觉时代，不再受时空的牵制。在中原的神话传说中，文字由仓颉所创。《淮南子·本经》中记载：“昔者仓颉作书，而天雨粟，鬼夜哭。”

相传，远古时代，人们结绳记事，每当部族发生大事，便在绳子上打结，记录下发生的事情。然而，随着历史的发展，文明渐进，事情繁杂，器物繁多，原始的结绳记事再也无法满足记录的需要，文字便在这样的情况下产生了。

仓颉原为轩辕黄帝的史官，复姓侯刚，号史皇氏。传说，有一年，仓颉到南方巡狩，登上一座阳虚之山，临于玄扈洛汭之水，忽见水中出现一只大龟，龟背上的花纹纹路奇异，每处花纹既有相似之处，又各不相同。

受到龟纹的启示，仓颉心中暗想，倘若创制了一套人们共识的符号，用以表示不同的事物，那么便可记载事件，文书往来。之后，仓颉又观天地万物，日月星宿、山川河流、鸟兽虫鱼、草木器具都有自己独特的形态，仿照着这些形态，仓颉造出种种不同的符号，并且定下了每个符号所代表的意义。

唐代画家张彦远在他的《历代名画记·叙画之源流》中有云：

“颉有四目，仰观天象。因俪乌龟之迹，遂定书字之形。造化不能藏其秘，故天雨粟；灵怪不能遁其形，故鬼夜哭。是时也，书画同体而未分，象制肇创而犹略。无以传其意故有书，无以见其形故有画，天地圣人之意也。”

可见，文字的创制对人类文明的重要意义。

对于仓颉的故事，松赞干布或许并不熟悉，但同样是出于对文字的渴望，这位吐蕃赞普也开始了他的文字探索之旅。

创制文字并非易事，一向懂得兼收并蓄的松赞干布决定派人前往文明大国学习造字之法，进而为吐蕃创制属于自己的文字。

有人说，文字让人类的文明变得可以追溯，它超越时空，从古而来，牵引着未来。正因如此，每个民族都将文字作为自己的根基，松赞干布自然希望他一手建立的吐蕃政权也能像其他政权一样，拥有自己的文明印记，在雪域高原世代流传。

留学的诅咒

唐贞观三年（629年），玄奘带着简单的行囊和几卷经书便从长安城出发了。风沙漫天的大漠戈壁上一片荒芜，他瘦弱的身影，仿佛随时要被周围的景致吞没，然而，远行的步伐却始终坚定。十七年的春秋交替，落了繁花，融了积雪，当他再次出现在唐都长安时，已是从遥远的天竺古国带回一百五十粒佛舍利、七尊佛像、六百五十七部经论的一代高僧。

"不至天竺，终不东归一步。"对于佛的虔诚、对于文明的向往支撑着玄奘走过了漫漫长路，眼神中已添了几分佛法的智慧，沉稳淡然中尽是超然的通透。或许苦行的磨难，才是佛法的真谛，或许对文明的追寻，总要莫大的勇气。所以鲁迅先生才评价玄奘法师："舍身求法，千古一人，中国脊梁。"

与玄奘一样，雪域高原的主人也将目光停驻在南境的天竺。或许，古往今来，尊崇文明之人都有着同样的坚毅，千回百转，始终不忘初心。

于是，松赞干布开始筹划一场远行，奔赴天竺，为吐蕃文明寻找自己的注脚。

松赞干布挑选了吐蕃最博学的学者去往天竺留学，学习天竺文字。

对天竺最早的记录出现在《史记·大宛传》中，这里不仅是佛教的发源地，更是人类文明的繁衍处之一。

在这片土地上，先后建立了孔雀帝国、笈多帝国、德里苏丹国和莫卧儿四大帝国，千年的文明古国，蕴藏着取之不尽的文化宝藏。

带着赞普寄予的厚望，学者们踏上了这场未知的旅途。

法师舞动着手中的法器，他要占卜并为远行的人挑选一个吉日，保佑他们旅途平安。松赞干布站在一旁紧张地凝望，生怕错过半点讯息。终于，在经历一系列的推算之后，吉日终于选定。

松赞干布命人挑选了吐蕃最名贵的马匹，备上充足的干粮，让远行的学者能够顺利到达天竺。

这天，松赞干布亲自为学者们斟上青稞酒，朗声说道："各位都是吐蕃最有名的学者，自从祖辈立制以来，吐蕃百业兴旺，人民富足，然而却迟迟没有文字。此次远行，望各位可以效仿天竺造字之法，为我吐蕃创制文字，传以后世。"

为首的学者走上前来，躬身说道："赞普请放心，天竺虽然路途遥远，但我等定会全力以赴，学成而归。"

学者们拜别了赞普，走出逻些，朝着遥远的天竺而去。路旁的树在风中发出沙沙的响动，仿佛在向他们告别。然而，过了大半年，学者们却没有半点音信。赞普焦急的等待化作彻底的绝望。一年之后，不甘于此的松赞干布再次组织留学队伍，前往天竺。

吐蕃气候高寒，一路南下，习惯了寒冷的留学者，路途劳累加上气候急剧变化，导致许多人身染重病。离乡背井，又受到疾病侵袭，留学者们再也无力前行，远方的天竺就像一座海市蜃楼，看似触手可及，却在伸出手的一瞬间，化作虚无，许多人皆有去无返。

为欲依十善法建立法律，增长五种欲乐事业，对四邻邦互通往来，以及为诸臣民宣讲教法等等，深感吐蕃无有文字诸多不便。乃从大臣中选拔根器锐利者七人，遣往天竺学习文书，因遭遇边地魔鬼所阻而返。[1]

这是《西藏王统记》中的一段记载，"边地魔鬼"说法的真实与否早已不得而知，而数次派遣学者，终究未能习得造字之法却是不争的事实。

失落的松赞干布也开始怀疑自己的决定，难道留学真是一个诅咒？

一位曾经教授松赞干布赋诗的长者，看见如此落寞的赞普，不禁感到心

---

①索南坚赞著，刘立千译注：《西藏王统记》，北京：民族出版社，2000年版，第42页。

痛，于是劝慰道："赞普不必为此灰心，创制文字本就是一个艰难的过程。"

"可是我已经两次派遣学者前往天竺，却始终一无所获，难道注定吐蕃就无法拥有自己的文字？难道先辈的功绩、吐蕃的辉煌就注定无法为后世传颂？"松赞干布激动地说道。

长者看了一眼松赞干布，他深知自小聪敏好学的赞普，是多么希望为吐蕃创制自己的文字，他宽解道："我明白赞普此时心中的不甘，但是赞普自继位以来无论面对多么难解的困局，最终都可以平安化解，此刻又何必沮丧？既然深知创制文字对吐蕃而言势在必行，那便无需再三顾虑，上苍定会眷顾有志之人，帮助您达成心愿。"

听了长者的话，松赞干布豁然开朗。重振信心的松赞干布再次寻找可以担此重任之人，经历过多次失败的松赞干布决定不再盲目派人前往天竺，这一次他要组建一支强大的队伍，能够越过群山，战胜酷暑，习得造字之法。

松赞干布派人前往天竺学习文字一事，家臣议论纷纷，人选的问题一直悬而未决。就在群臣商议、久无定论之时，大臣吞弥·阿鲁的儿子吞弥·桑布扎主动请缨，恳请前往天竺。

对于吞弥·桑布扎，松赞干布早有耳闻，听说他自幼聪慧，才智过人，五岁便可背诵长诗，因此被称为"神童"。然而，此时的吞弥·桑布扎年仅十五岁，脸上还透着少年的稚气。松赞干布一时无法下定主意：

"天竺与吐蕃间重山阻隔，路途艰险，你年纪轻轻恐怕无法抵达天竺。"

吞弥·桑布扎答道："年少却有志，恳请赞普给我一次机会，我定当全力以赴，学习天竺文字，创制吐蕃文。"

吞弥·桑布扎眼中透着坚定，那份倔强与执着让松赞干布想起了年少时的自己，随即他满意地点了点头。他相信眼前的少年定会完成重任，为吐蕃带回期盼已久的文字。

南行之路

少年的勇敢打动了屡次受挫的赞普，天竺之路坎坷艰难，唯有拥有坚定信仰之人，才能到达文明的彼岸，带回希望之光。

松赞干布为吞弥·桑布扎挑选了最得力的侍从，跟随他一路南行。

在吞弥·桑布扎的带领下，前往天竺的队伍再次出发，经历一个月的跋涉之后，他们终于来到了位于吐蕃西南的冈底斯山，藏传佛教的教徒将这里尊为圣地。其中主峰冈仁波齐峰在佛经中被称为“底息”，是信徒朝拜巡礼的必经之处。

这座神奇的山脉作为天然屏障将吐蕃一分为二，北面是高寒的高原，南面则是温良的谷地。越过眼前的群山，远行的队伍便彻底告别了熟悉的家园，来到了与吐蕃截然不同的另一个世界。

峰顶白雪掩映，在太阳的照射下，闪耀着银色的光芒。山腰处，积雪开始融化，汇作一条条溪流流向山下。初春刚刚到来，树木有了点点绿意，成了空旷河谷中唯一的点缀。

众人穿行在幽静的山脚，脚下的路途虽然崎岖漫长，却有枝头的鸟儿为伴，消解了一路的寂寞。然而，高山下的天气往往善变，前一秒天空还碧蓝如洗，后一秒便下起瓢泼大雨。湿冷的风夹杂着山麓的寒气，吹在吞弥·桑布扎的脸上，犹如刀割。他赶忙吩咐队伍寻找山洞避雨，以免感染风寒。

大雨下了整整一夜，直到破晓才停止，此时的吞弥·桑布扎终于体会到求学的艰辛，却没有丝毫动摇。用了整整一天的时间，一行人终于走出了寒冷的山谷，然而迎接他们的却是一片荒无人烟的戈壁滩。

戈壁滩上一片空旷，炙热的阳光下，队伍艰难地前行，脚下的土地散发着热气。随身携带的饮用水越来越少，而荒漠却仍旧看不到边际，于是吞弥·桑布扎派人先行寻找水源。

体力的消耗让队伍前进得越来越慢，绝望开始在人群中蔓延，许多人甚至停了下来。虽然吞弥·桑布扎已经体力不支，但他仍然没有放弃，不断地鼓励众人。或许是上天眷顾，或许是佛陀庇佑，就在众人即将倒下之时，寻找水源的人带回了令人振奋的消息，在不远处的沙丘背后有一片小小的绿洲。

重新点燃的希望化作前行的动力，众人互相搀扶，来到了这片绿洲。当甘甜的湖水流淌过喉咙的那一刻，吞弥·桑布扎知道再没有任何险阻是他无法逾越的。他梦寐以求的天竺就在不远的前方，只要坚定地走完脚下的路，便可达到那个文明浸染的国度，完成赞普赐予的重任。

信念的力量往往超乎想象，只要人们足够坚定，它便可以激发无尽的潜能。数月之后，吞弥·桑布扎终于来到了天竺，沾满灰尘的衣袍里包藏着他最笃定的信念，当他站在天竺边界回望身后时，他的脸庞犹如吐蕃的格桑，迎着太阳绽出了最美的笑容。

此后一年，吞弥·桑布扎的足迹遍布天竺，他也遇到了教授他天竺文字的两位学者——婆罗门的李敬与拉日格桑。

在婆罗门的著名学者李敬的教授下，吞弥·桑布扎掌握了天竺诗歌、文字、语法等方面的基础知识。之后，吞弥·桑布扎又跟随拉日格桑学习声韵学。一年之后，吞弥·桑布扎已经掌握了天竺文字，无论是书写还是发音都得到了当地学者的认可。

带着所学知识和大量的佛教典籍，吞弥·桑布扎一行人踏上了归途。

归来的荣耀

远行之人，最懂家的珍贵。离开吐蕃许久的吞弥·桑布扎终于回到了魂牵梦萦的故地。这里没有天竺的燥热，没有戈壁的荒芜，有的是雪峰上的洁白积雪和母亲手中香气四溢的酥油茶。

得知吞弥·桑布扎归来的消息，正在狩猎的松赞干布放下手中的弓箭，立即赶回城中。他的愿望终于达成，吐蕃即将拥有自己的文字，家族的历史，先辈的功绩可以永载史册，每每想到这些，松赞干布的内心便久久无法平静。

远赴天竺的吞弥·桑布扎不仅掌握了梵文，更是学习了西域诸地的文字。为了让吞弥·桑布扎可以专心创制吐蕃文，松赞干布命人建造馆舍，里面放满了吞弥·桑布扎从天竺带回的经书古籍。

在精心建造的馆舍中，吞弥·桑布扎潜心钻研。他仿照纳卡等文字，同时参考吐蕃语的读音，从梵文十六元音字母中取用了四个元音字母，再从梵文三十四个辅音字母中去掉五个反体字和五个重叠字，新创了六个字母，最终创制了四个元音符号和三十个辅音字母组成的吐蕃文。

吞弥·桑布扎还发展出两种不同的吐蕃文字体，一个是根据梵文兰扎字体创制的吐蕃文有头字——楷体，一个是根据梵文乌尔都字体创制的吐蕃文无头字——草体。此外，他还用新创制的吐蕃文编写了《声明学》《三十颂论及相转论》等著作，供吐蕃的子民学习吐蕃文。

在吞弥·桑布扎的主持下，吐蕃文的创制得以完成，这项持续数年的文字工程终于告一段落。当松赞干布接过吞弥·桑布扎书写工整的整套吐蕃文时，他的内心犹如雅鲁藏布江的江水，翻涌不息。

松赞干布亲自设宴为吞弥·桑布扎庆功。案上丰盛的食物、香甜的美酒不仅是赞普本人对他的赏赐，更是吐蕃子民的敬意。

席间，吞弥·桑布扎以纳若、格故、肴脚等为韵，将新字献于赞普。

优美的韵律与华丽的辞藻，不仅歌颂了松赞干布创制吐蕃文的英明决策，更让在场的所有人感受到了文字之美。

宴会过后，松赞干布任命吞弥·桑布扎为执法大臣，在吐蕃组织教授文字，而松赞干布则身体力行，开始学习新创制的吐蕃文。

早在宴会之前，松赞干布就曾前往吞弥·桑布扎的馆舍。熙熙攘攘的街道，在松赞干布的眼中不仅是繁华的象征，更是吐蕃生生不息的标志。此时的他，正在为吐蕃探求自己的语言符号，希望将这片土地上生存繁衍的祖祖辈辈都记录下来，让雪域内外的所有角落都能知晓吐蕃今日的繁盛。

不知不觉间，松赞干布已来到吞弥·桑布扎的门前，吞弥·桑布扎赶忙出门迎接赞普，“不知赞普前来，未来得及出门迎接，还望赞普不要怪罪。”

松赞干布一边扶起刚要行礼的吞弥·桑布扎，一边说道：“我也是一时兴起，想来你的馆舍看看，又怎么会怪你，你只管潜心造字，不用顾忌我。”松赞干布说道。

吞弥·桑布扎引着赞普走进自己的馆舍，厅堂之中摆设简单，却透着雅致。几案之上铺满了吞弥·桑布扎记下的字符与字样。

松赞干布随手拈来一张，请吞弥·桑布扎为他讲解文字之义，吞弥·桑布扎一边讲解，一边教赞普如何书写。两人谈笑间，便度过了一个上午。赞普对文字的热情，感染着吞弥·桑布扎，让他更加坚定了推广文字的信念。

松赞干布在位期间，吐蕃文得到了广泛的传播，不仅为吐蕃的发展注入了勃勃生机，更密切了吐蕃与各地的交往。松赞干布曾经多次派遣精通吐蕃文的学者出访他处，借助吐蕃文，学者们带回了各地文明的精华，同时也使吐蕃文化如繁花般盛开在雪域高原。

他的一生是一个邀请

雅鲁藏布江中游南岸，雅砻河谷是一个富饶而美丽的地方。这里的琼结县被称为“吐蕃政权的故都”，记载着吐蕃古老而悠远的历史，著名的赞普墓便位于城外的穆日山。

每当春天来临，漫山的杜鹃花浸染山坡，指引着人们去探寻吐蕃赞普们最后的归宿。

唐永徽元年（650年），吐蕃瘟疫肆虐，死亡的阴影笼罩着这片苍茫的土地，松赞干布的政权也面临着巨大的危机。

瘟疫肆无忌惮地蔓延，医者倾尽毕生所学，仍旧无法阻止瘟疫的传播。松赞干布挽着文成公主的手，站在逻些城墙上俯瞰这片土地。瘟疫带来的恐慌，让人们不愿轻易出门，昔日繁华的街道，如今一片荒凉。

望着眼前的景象，松赞干布感觉自己的心在剧烈地颤抖，此时的他多么希望可以为吐蕃做些什么，让骇人的瘟疫尽快消失。然而，他还没来得及为自己的政权和子民做些什么，死神却悄然而至。

一生戎马的松赞干布从未有过半刻停歇，内平叛乱，外征强敌，建立了空前强盛的吐蕃政权。然而，生命无常，无论是帝王将相，还是寻常布衣，都无法摆脱死亡的阴影。

庄子有云：“人生天地之间，若白驹过隙，忽然而已。”生命的短暂与脆弱，常常让人措手不及。

病榻之上的松赞干布，回望自己的一生，犹如远处延绵的雪峰，起起落落。少年的困顿与中年的荣耀，恍如两世，可他却全然经历。

十三岁时，父亲的去世，让风雨飘摇的吐蕃骤然落在原本无忧无虑的少年身上，他将所有的彷徨无措都藏在心底，用坚毅的眼神告诉那些忠于自己和背叛自己的人，他是一个可以担当重任的人。

时至今日，他还记得第一次面对群臣时的笃定，第一次为自己争取支持者时的坚毅。

正是这样的强者之风让他勇往直前，他打败了所有敌人，将内忧外患的吐蕃变为雪域高原最强大的政权；他千里求亲，迎娶了中土公主，将中原的文明与慈悲的佛光引向吐蕃；他建章立制，仿照唐制建立了吐蕃的新秩序，加固政权的堡垒；他数次派人前往天竺，终于成功创制吐蕃文，发扬了吐蕃文明。

这些岁月，给了他最好的磨砺，也改变了雪域的历史。

如果松赞干布真如藏族人民口中所说的那样，是高原上的神灵，那么这一世的轮回则是高原对他的一个邀请。一晃数十载，这位赞普给吐蕃带来了空前的强盛和繁华，他自己却如同一盏油灯，耗尽了最后一滴膏油。

病痛折磨着这位从未示弱的赞普，他深知没有人可以逃离死亡，除了静静地等待死神的来临，他不知道自己还能做些什么。只是，谁又能明白，松赞干布此时心中的不甘。

将自己一手创建的政权交给年幼的孙儿，让他像当年的自己一样，小小年纪便承受着强者之重？这绝非他所愿。然而，世事无常，他或许可以改变世事，却无法改变命运。

文成公主紧握着松赞干布的手，泪水涟涟。多年相守，让当初陌生的两人变成了至亲，他的一言一笑，她总能明白。

望着松赞干布微蹙的双眉，文成公主心如刀割，一向坚韧的赞普，此时仿佛一个脆弱无助的孩子，在她身旁沉沉睡去。

一夜风雨，窗外的繁花早已凋零，散落一地的花瓣，混入泥土。生命如雨后落花一样，有过最绚烂的绽放，也会迎来最终的凋零。

生命的钟摆停下了，被吐蕃子民奉为神灵的赞普走完了传奇的一生。这一生对他而言或许短暂，却足以让所有吐蕃子民引以为傲。

千年已逝，人们千里迢迢前往赞普墓，拭去碑角灰尘，心中满是对这位赞普的虔诚与崇敬。

附录

松赞干布年谱

隋大业十三年（617年）

出生于甲玛赤康的强巴敏久林宫。

唐贞观三年（629年），13岁

继承父位，平定叛乱。

唐贞观六年（632年），16岁

迁都逻些，将政治中心和军事中心归一。

唐贞观八年（634年），18岁

松赞干布首次遣使赴唐朝首都长安通好。

唐贞观十五年（641年），25岁

唐太宗将文成公主嫁与松赞干布。

唐贞观二十三年（649年），33岁

唐太宗逝世，松赞干布派专使往长安吊祭太宗。

唐永徽元年（650年），34岁

松赞干布病逝，唐朝遣使吊祭。

主要参考文献

[1]阿来. 格萨尔王[M]. 重庆：重庆出版社，2009.

[2]张宗显. 中国民俗大系：西藏民俗[M]. 兰州：甘肃人民出版社，2004.

[3]王忠. 松赞干布传[M]. 上海：上海人民出版社，1961.

[4]庄辉明. 松赞干布[M]. 天津：新蕾出版社，1993.

[5]范晔. 后汉书[M]. 北京：中华书局，1965.

[6]刘昫. 旧唐书[M]. 北京：中华书局，1975.

[7]欧阳修，宋祁等. 新唐书[M]. 北京：中华书局，1975.

[8]薛居正，卢多逊，扈蒙等. 旧五代史[M]. 北京：中华书局，1976.

[9]《西藏研究》编辑部. 西藏志·卫藏通志[M]. 拉萨：西藏人民出版社，1982.

[10]王钦若. 册府元龟[M]. 北京：中华书局，1960.

[11]才让. 吐蕃史稿[M]. 兰州：甘肃人民出版社，北京：人民出版社，2010.

[12]石硕. 西藏文明东向发展史[M]. 成都：四川人民出版社，1994.

[13]崔永红. 文成公主与唐蕃古道[M]. 青海：青海人民出版社，2008.

[14]五世达赖喇嘛. 西藏王臣记[M]. 刘立千译注. 北京：民族出版社，2000.

[15]索南坚赞. 西藏王统记[M]. 刘立千译注. 北京：民族出版社，2000.

[16]赤烈曲扎，蔡贤盛. 略谈吐蕃迁都的原因及松赞干布、文成公主的历史功绩[J]. 西藏民族学院学报（哲学社会科学版），1981（1）.

[17]林冠群. “赞普”释义：吐蕃统治者称号意义之商榷[J]. 中山大学学报（社会科学版），2012（5）.

[18]巴卧·祖拉陈哇. 贤者喜宴[J]. 黄颢译. 西藏民族学院学报，1980（4）-1986（1）.

[19]陈庆英. 关于松赞干布河源迎亲[J]. 中国藏学，2014（4）.

[20]陈永胜. 松赞干布时期藏族基本法律制度初探[J]. 民族研究，2003（6）.

[21]李超. 松赞干布时期印度佛教传入吐蕃的原因[J]. 乐山师范学院学报，2012（3）.

[22]诺普桑珠. 关于松赞干布享年质疑[J]. 西藏研究，1985（2）.

[23]裴婷婷，何立慧. 吐蕃、唐朝和战交往及对唐朝的影响[J]. 中国边疆史地研究，2007（1）.